COLLECTION FOLIO

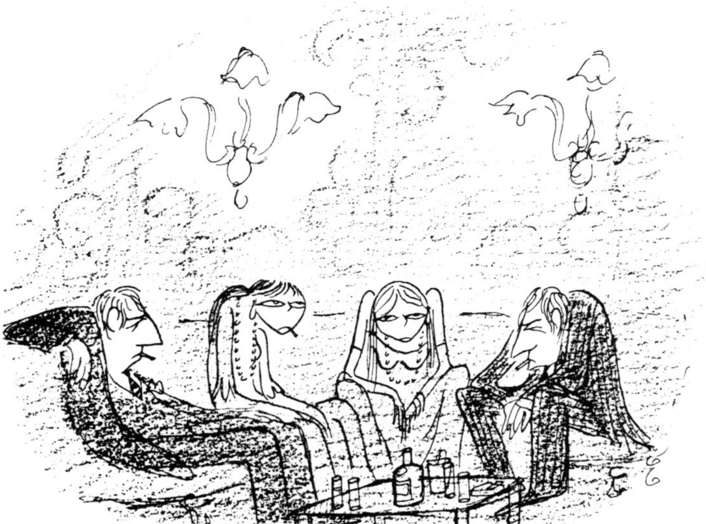

1.

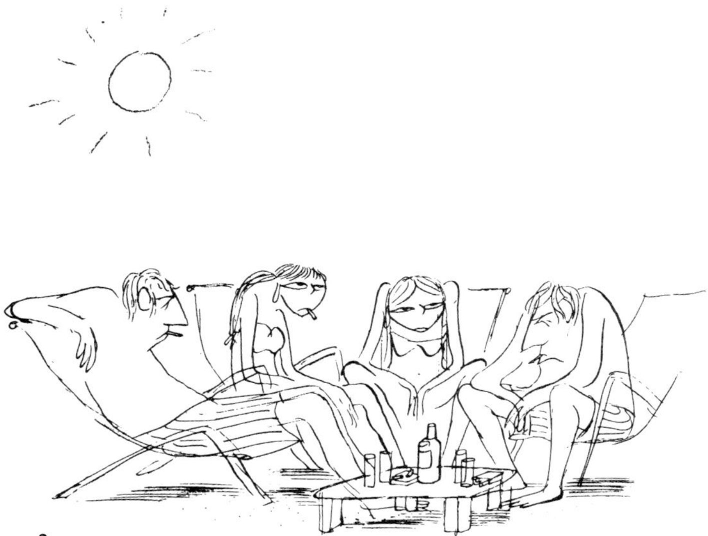

2.

Certains dessins de l'édition en grand format de St.-Tropez *ne figurent pas dans cette présente édition à cause de l'impossibilité de les réduire.*

Sempé

St TROPEZ

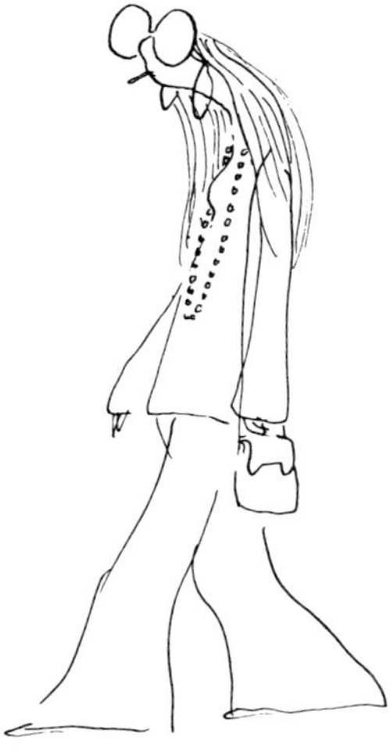

Denoël

C'est un petit port de pêcheurs.

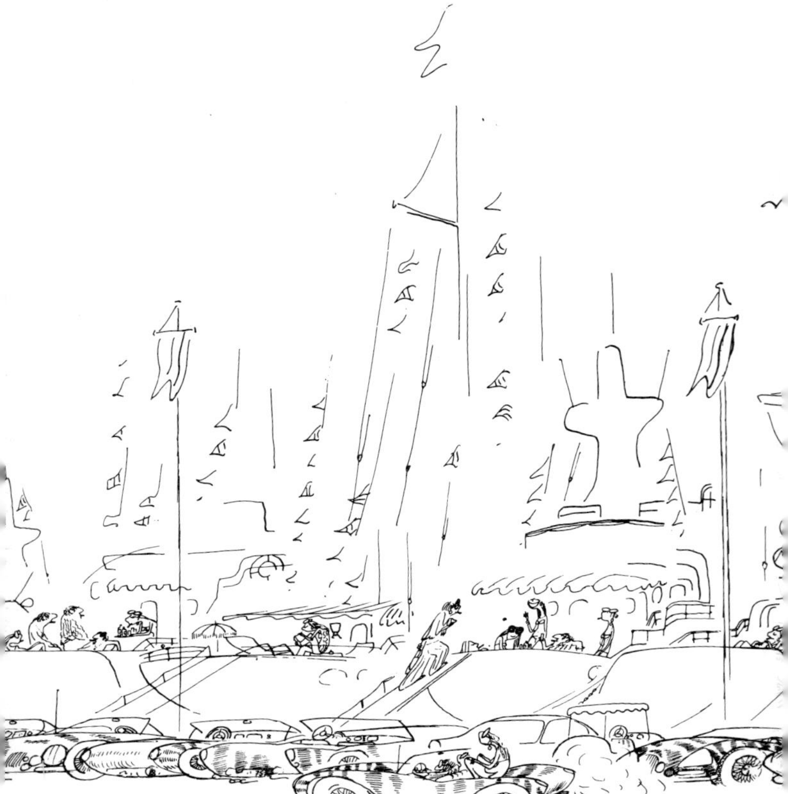

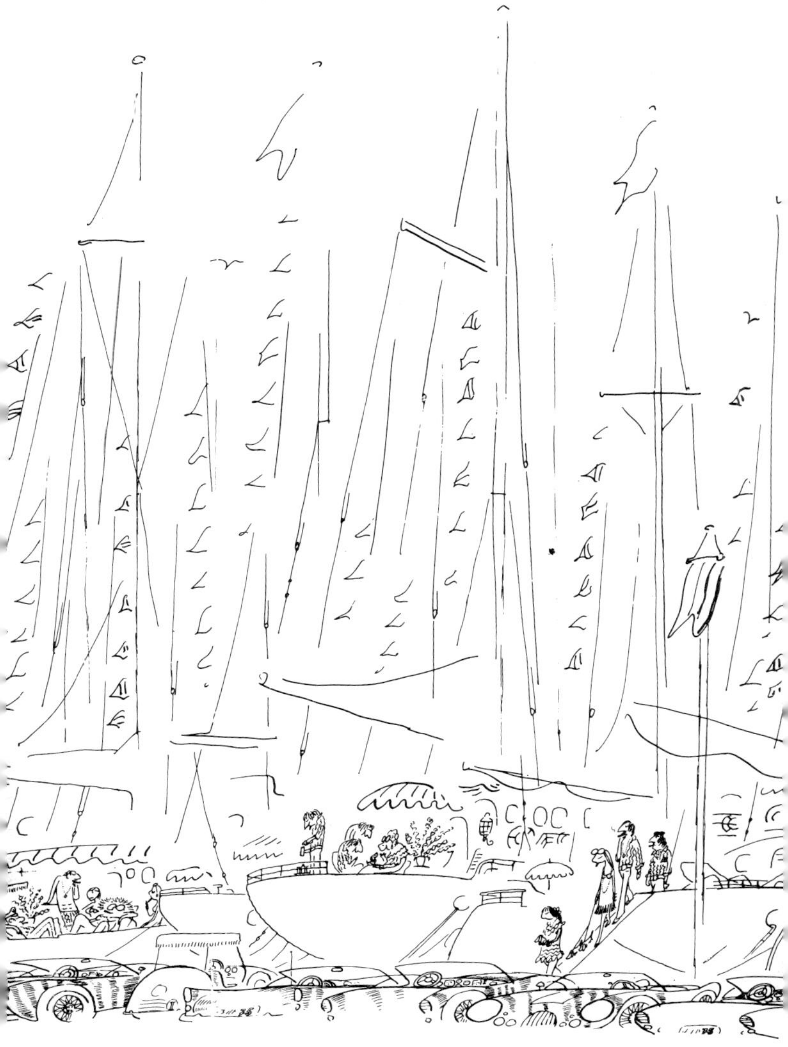

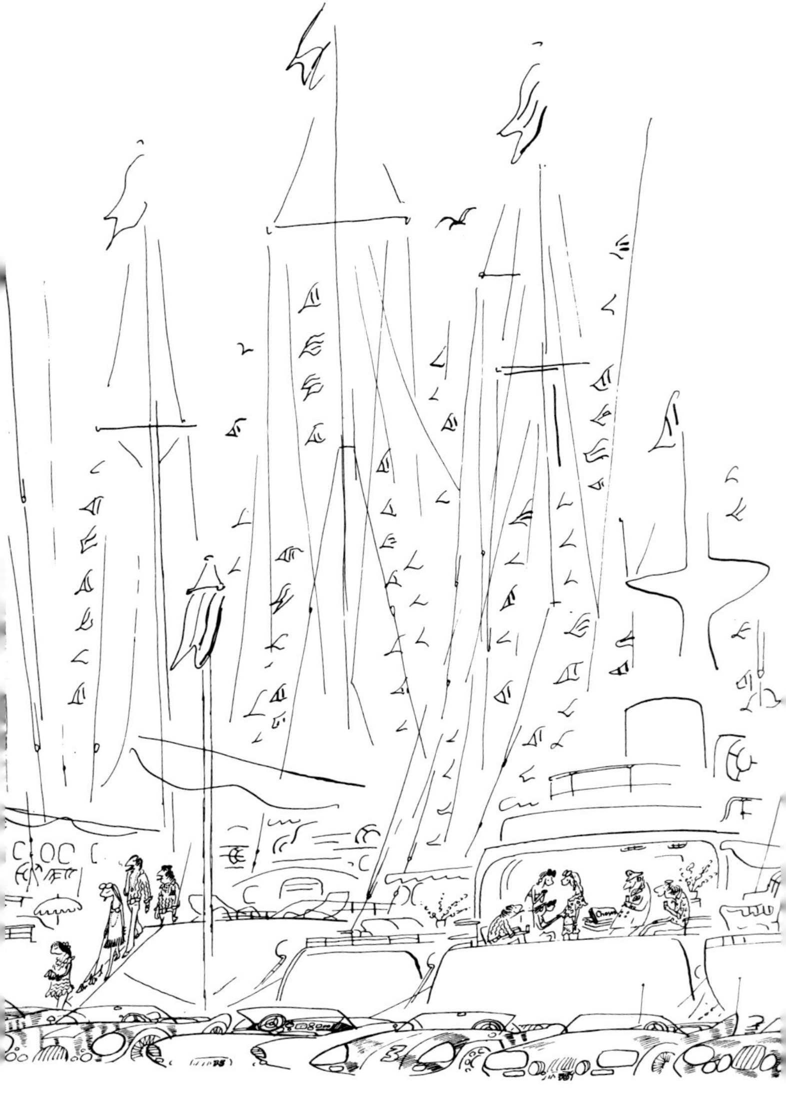

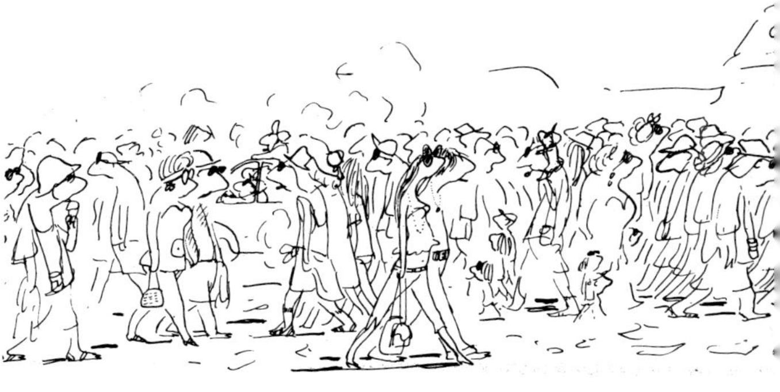

Peut-être y a-t-il d'autres petits ports de pêcheurs, mais nulle part ailleurs on ne peut ressentir cette impression...

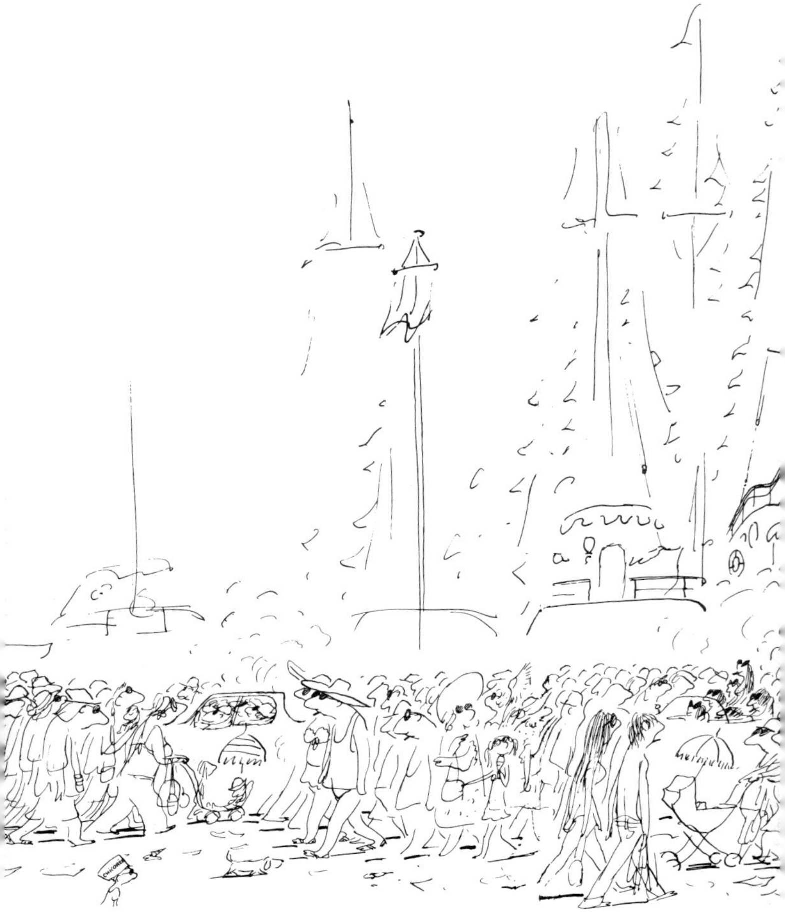

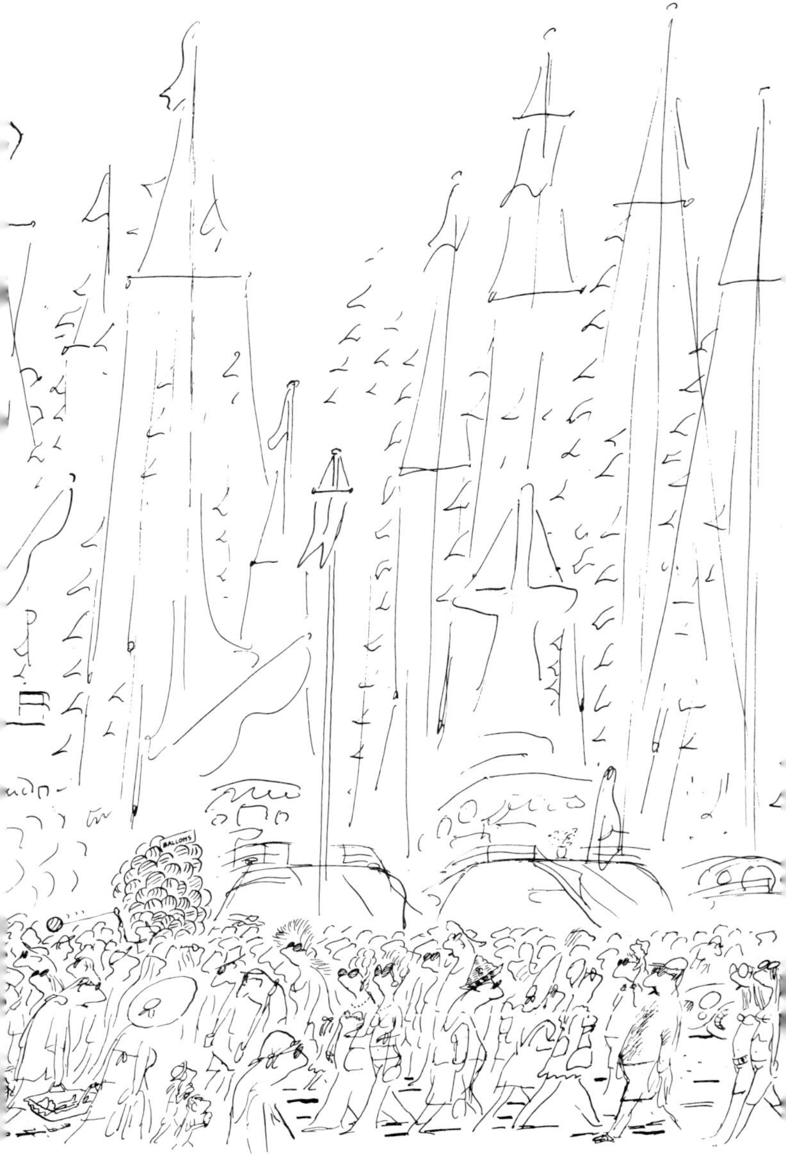
BALLONS

de liberté,

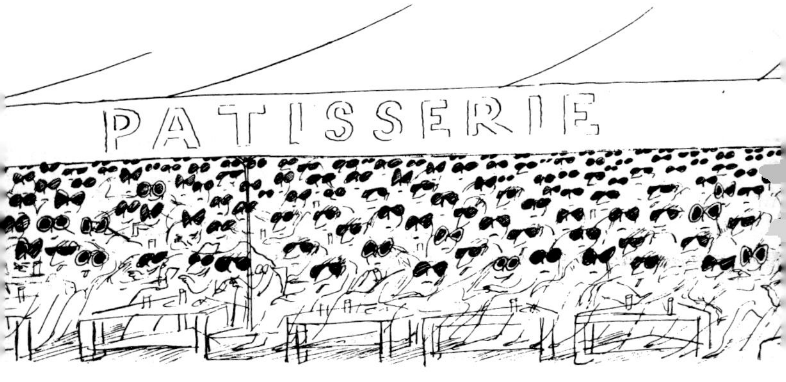

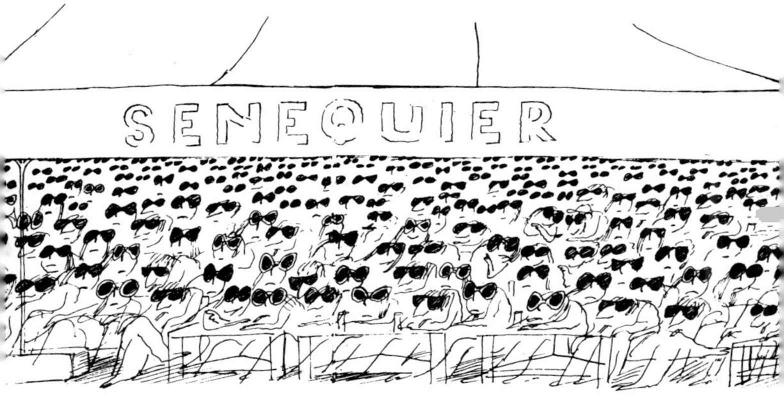
SENEQUIER

de simplicité,

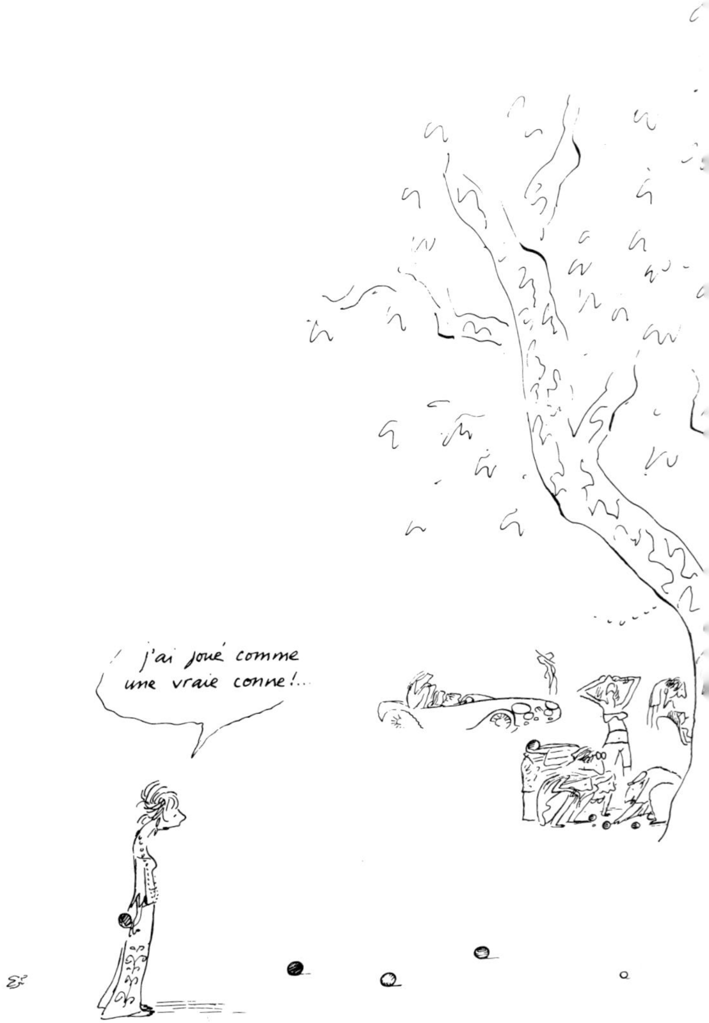

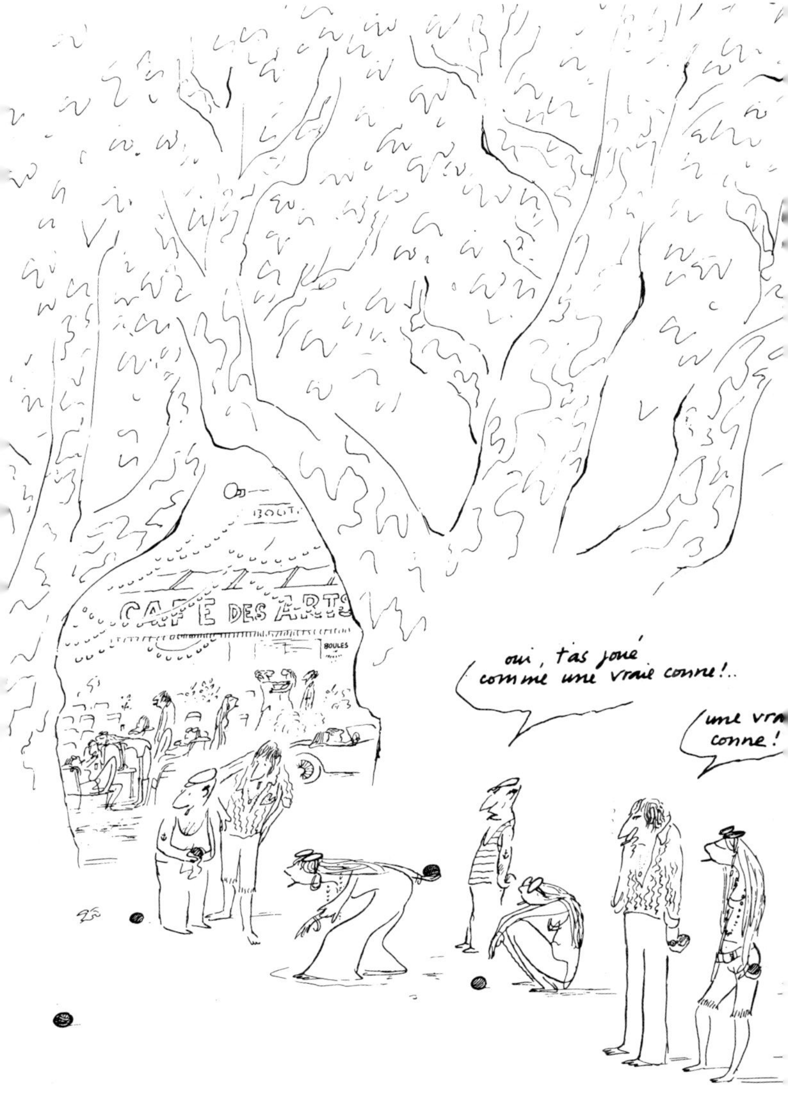
CAFÉ DES ARTS
BOULES
oui, t'as joué comme une vraie conne!..
une vra
conne!

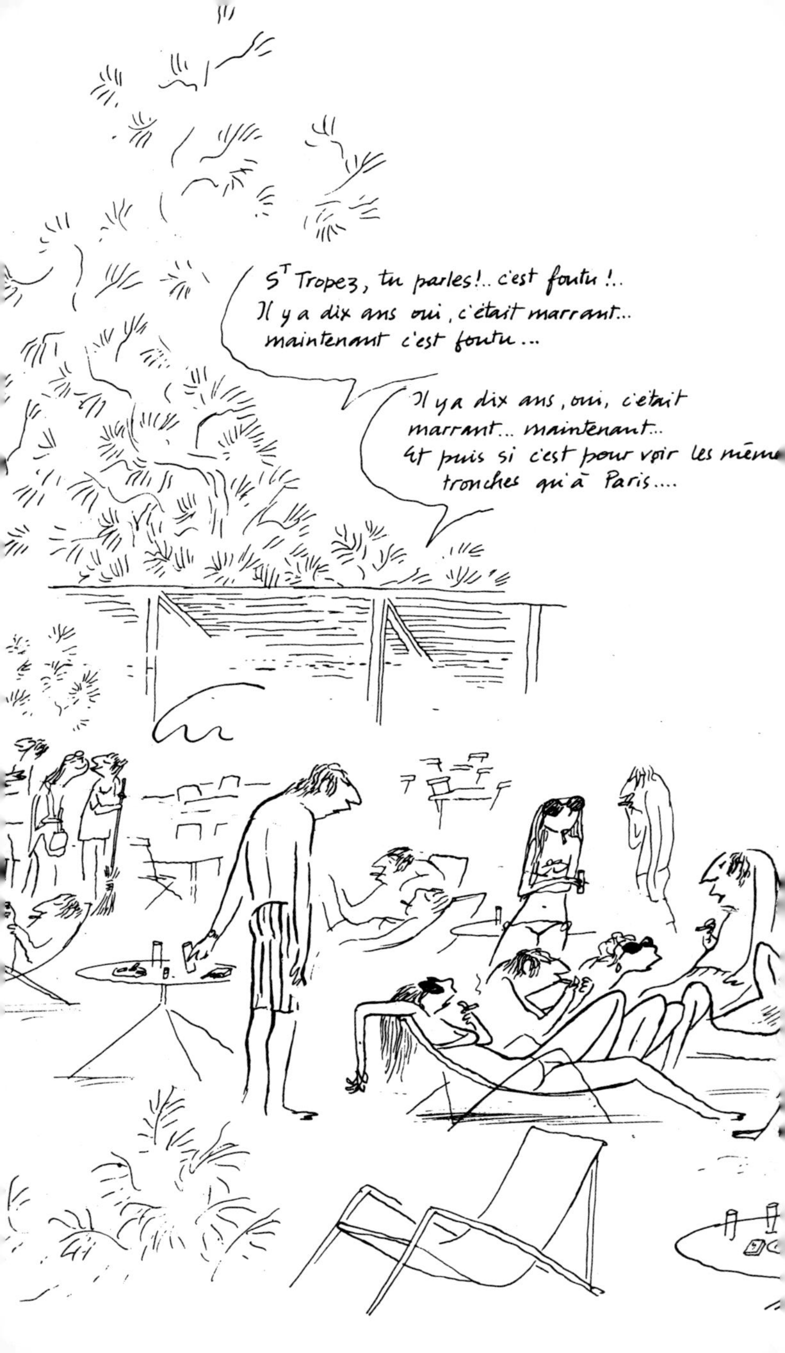

St Tropez, tu parles!.. c'est foutu !.. Il y a dix ans oui, c'était marrant... maintenant c'est foutu...
Il y a dix ans, oui, c'était marrant... maintenant... Et puis si c'est pour voir les mêmes tronches qu'à Paris....

de joie de vivre,

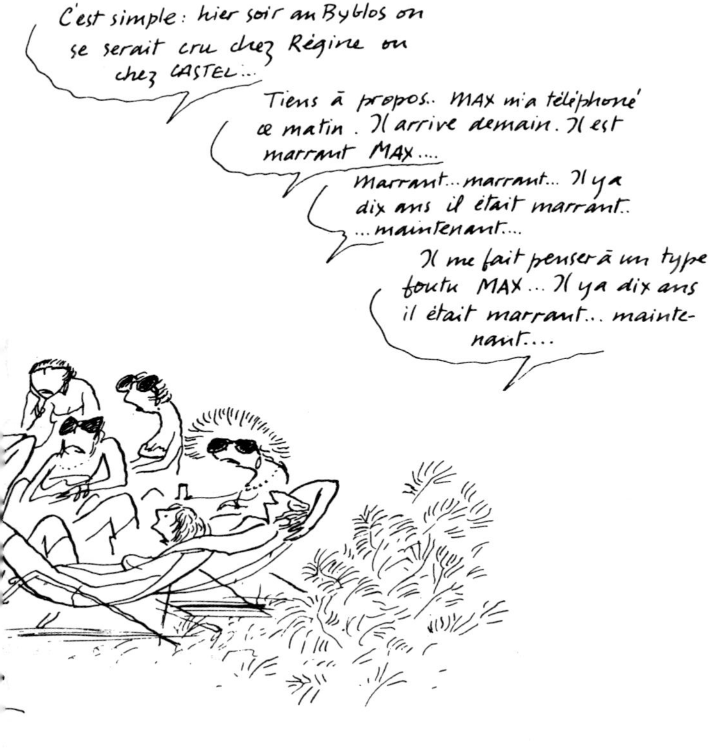

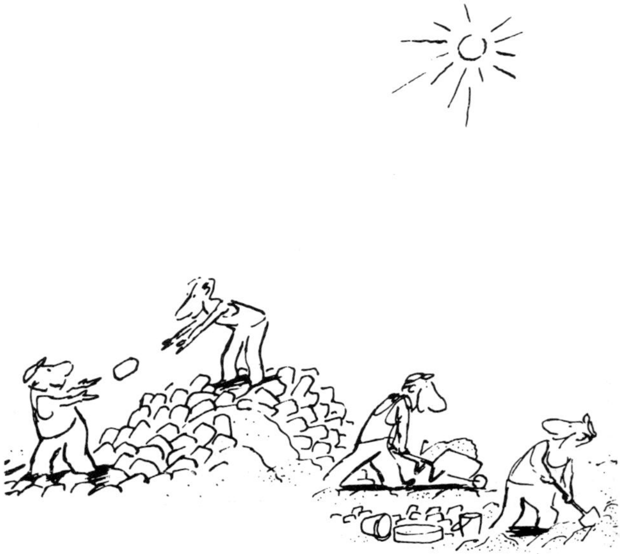

1.

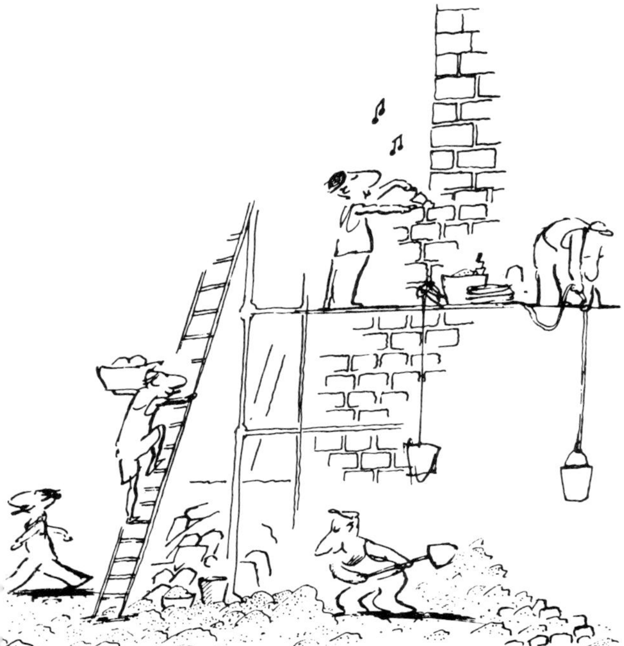

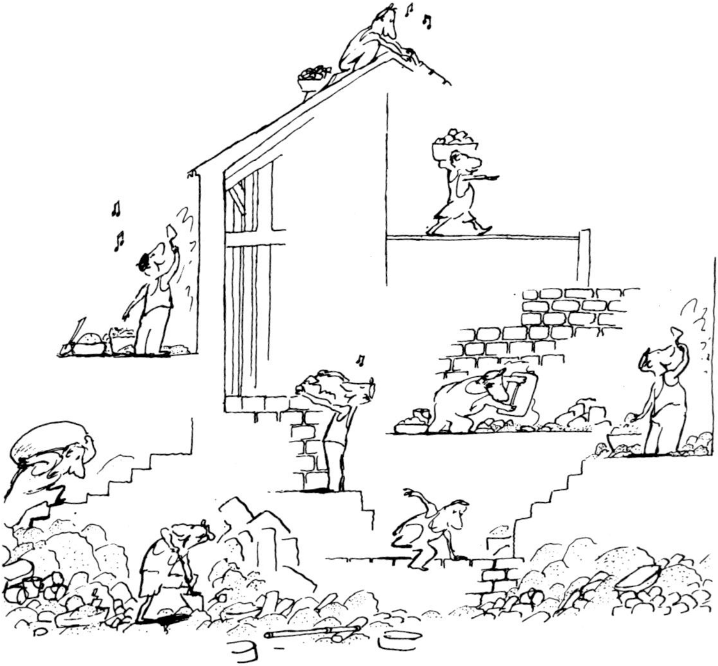

2.

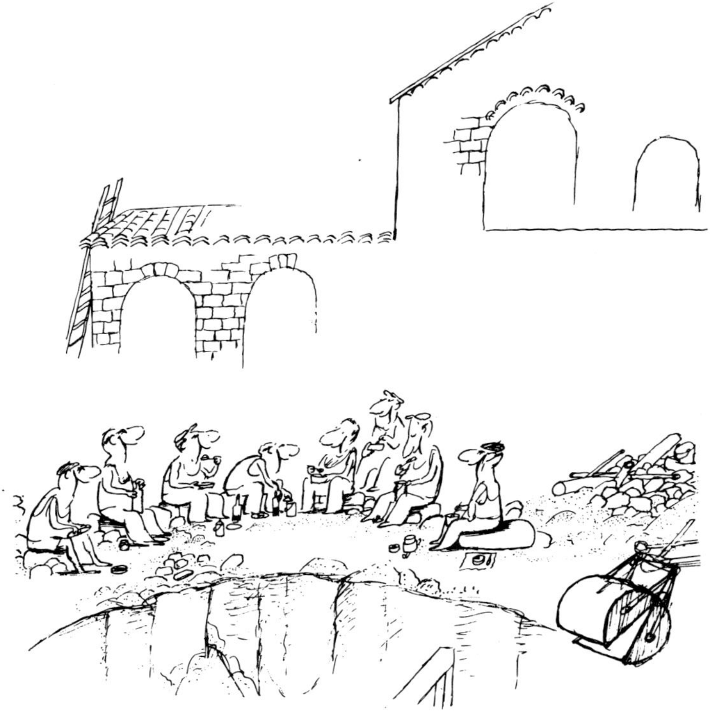

3.

→

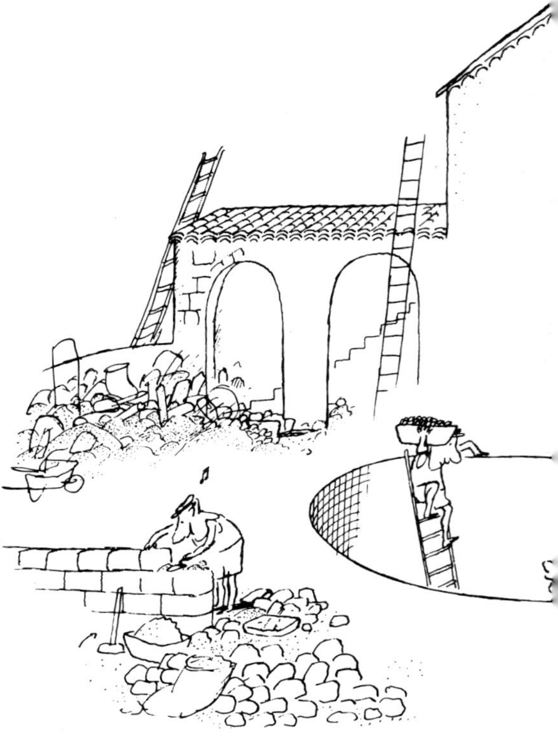

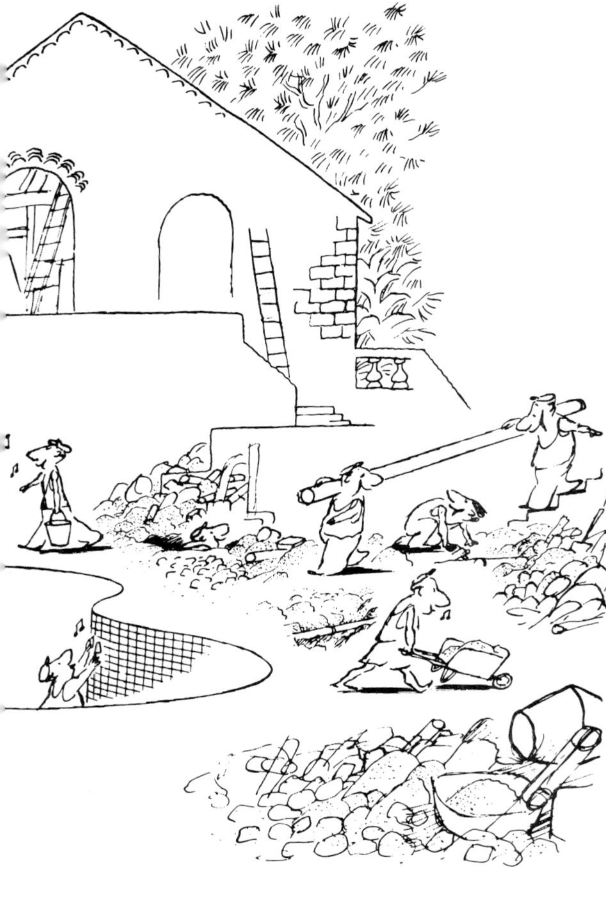

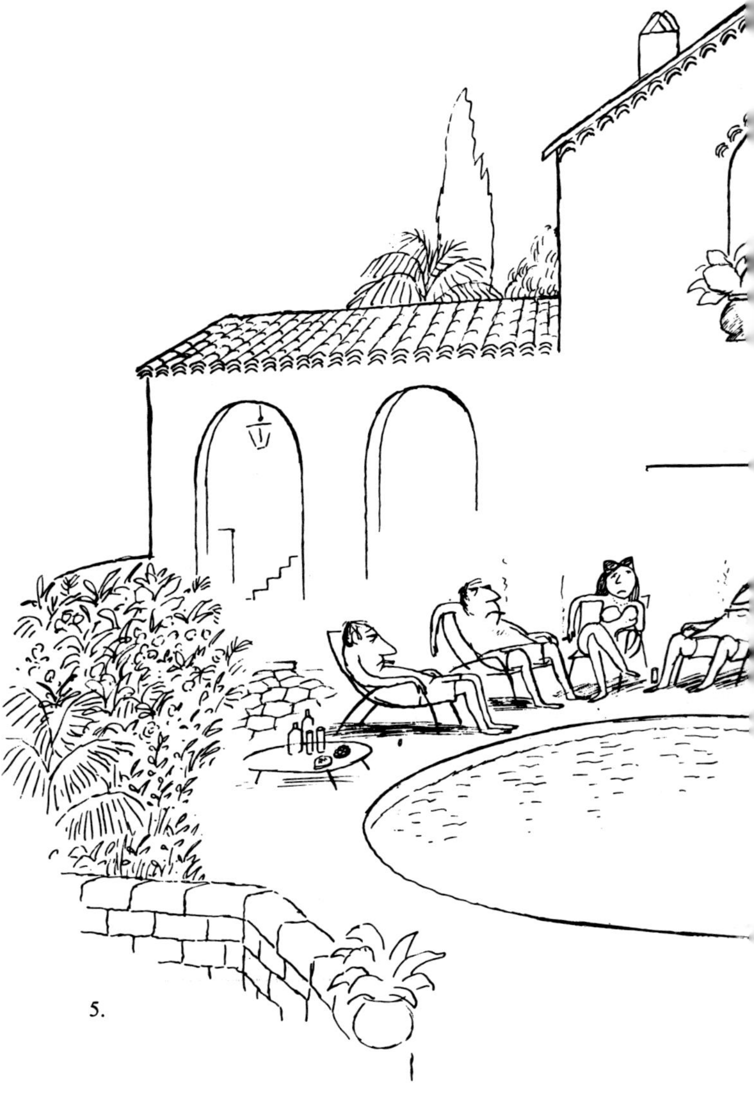

5.

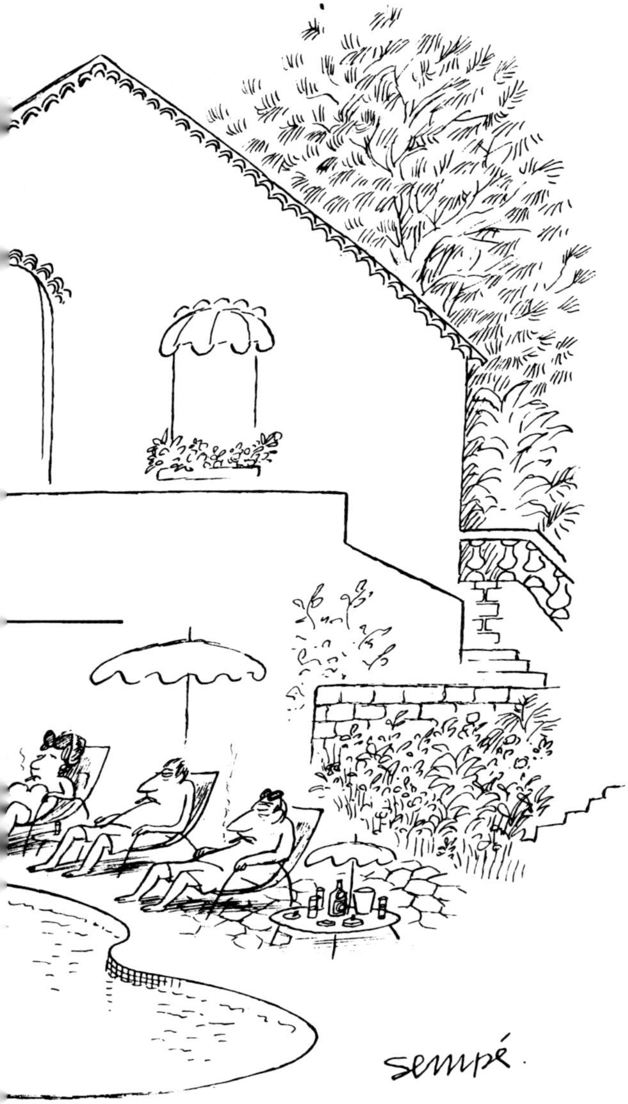

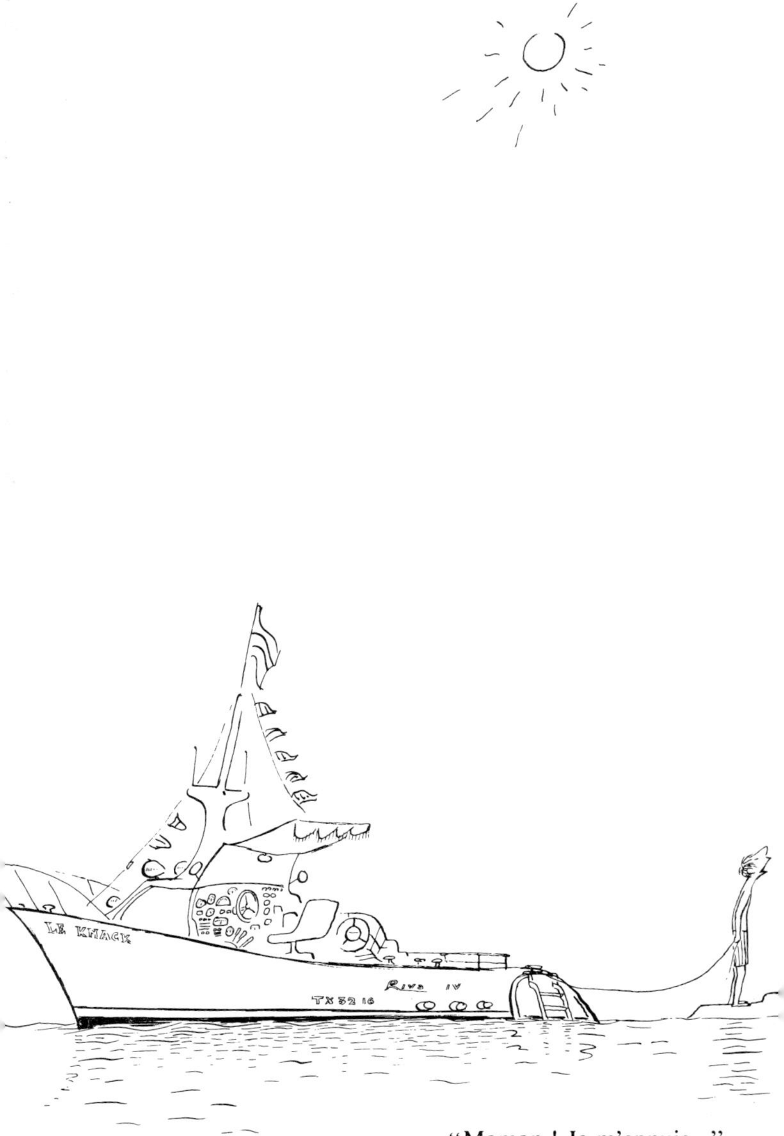

— “Maman ! Je m’ennuie...”

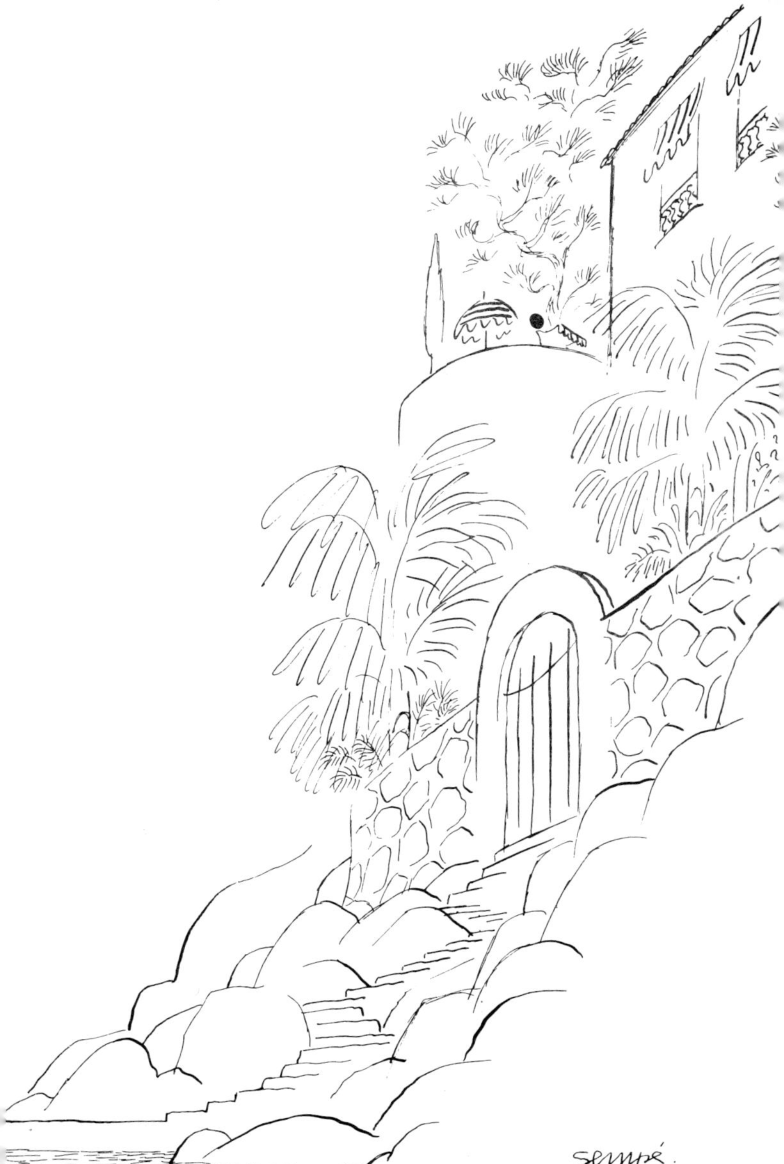
sempé.

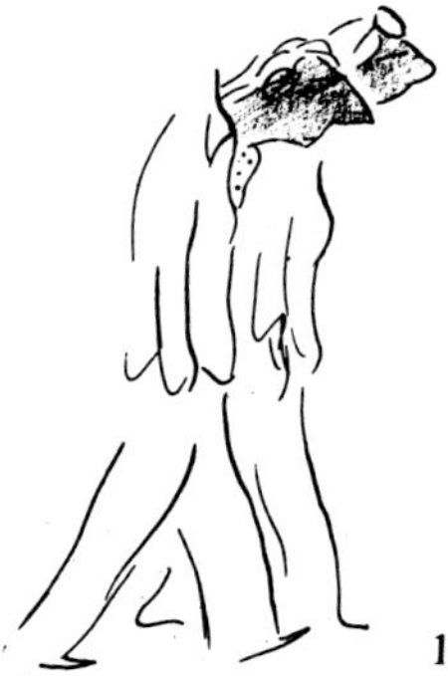

1.

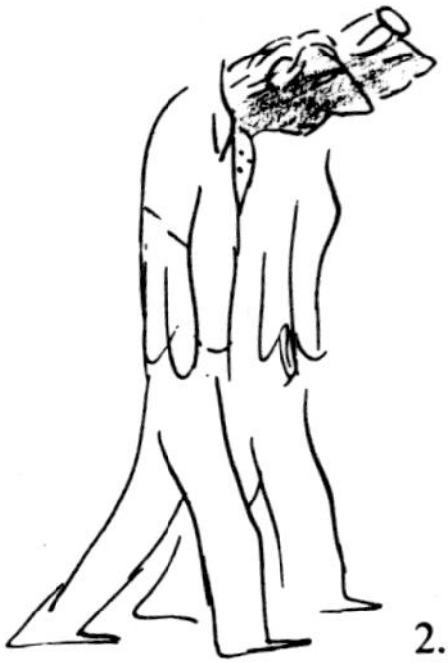

2.

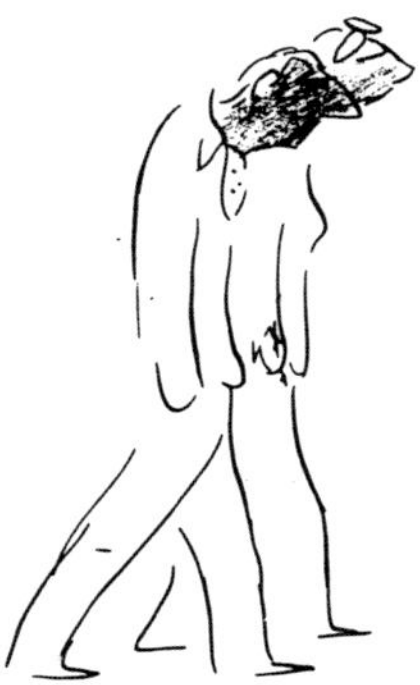

3.

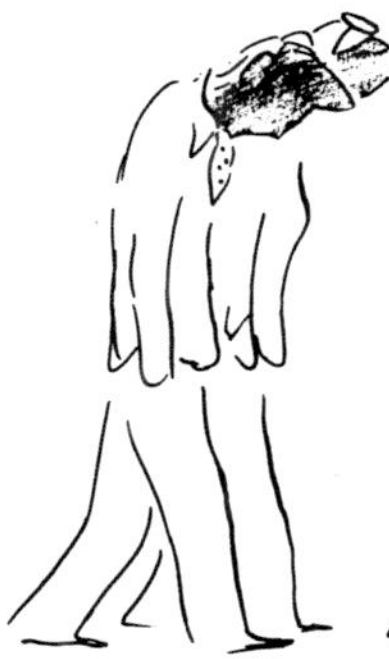

4.

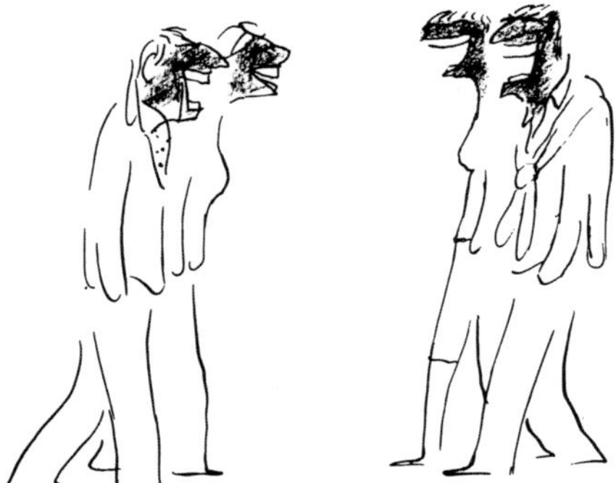

5.

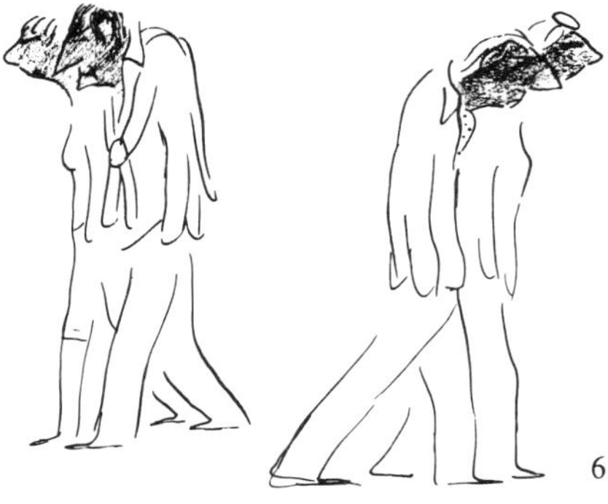

6.

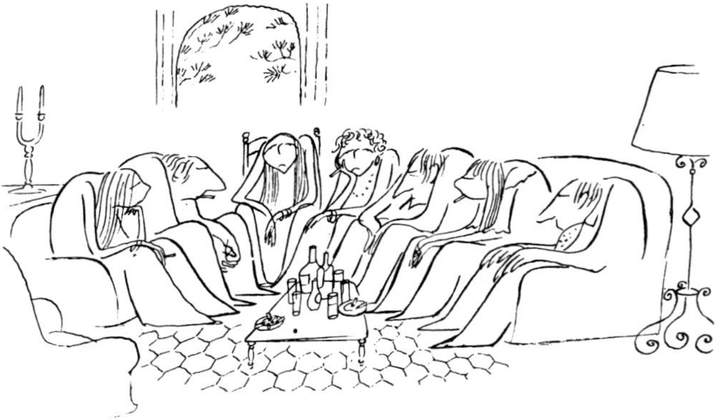

1.

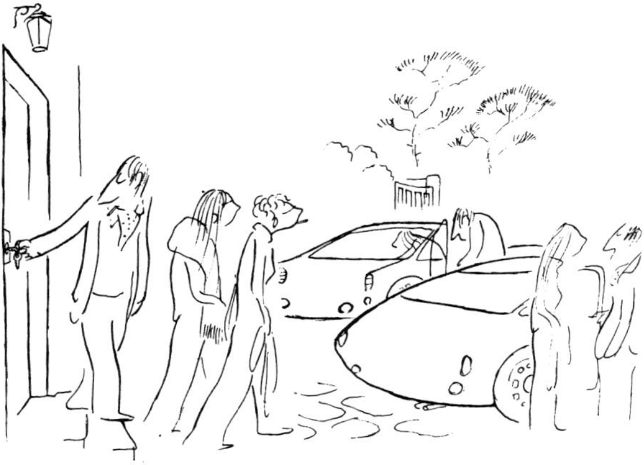

2.

→

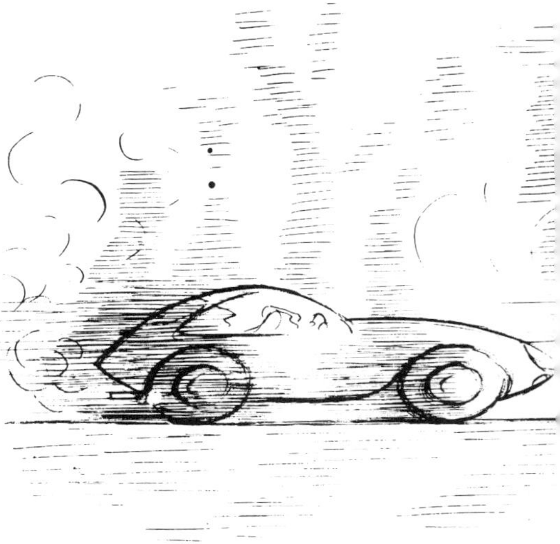

3.

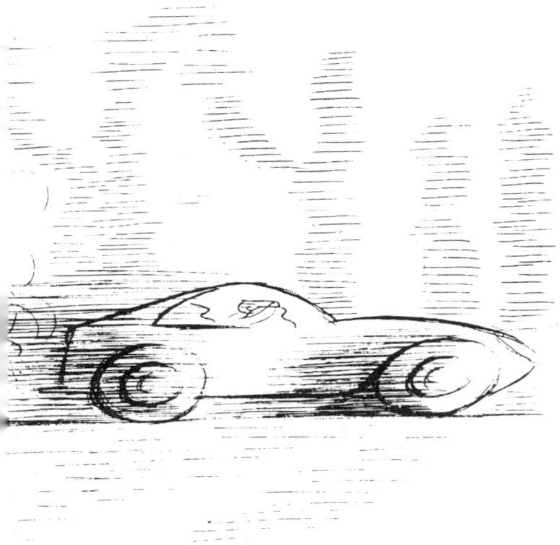

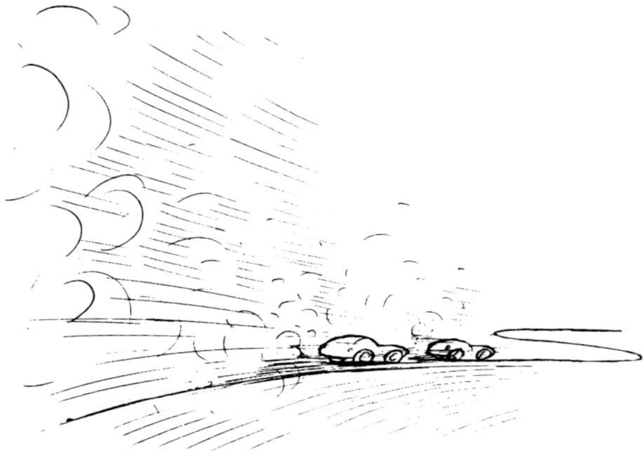

4.

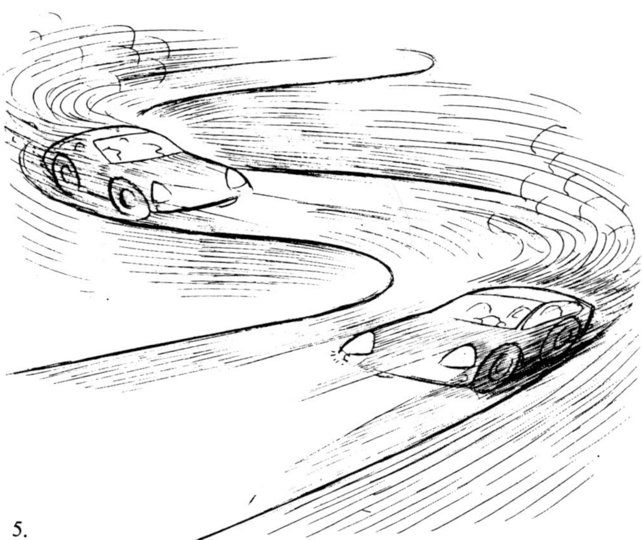

5.

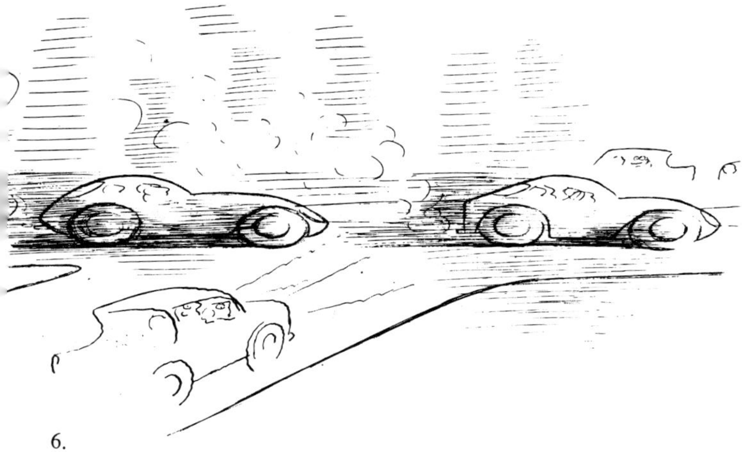

6.

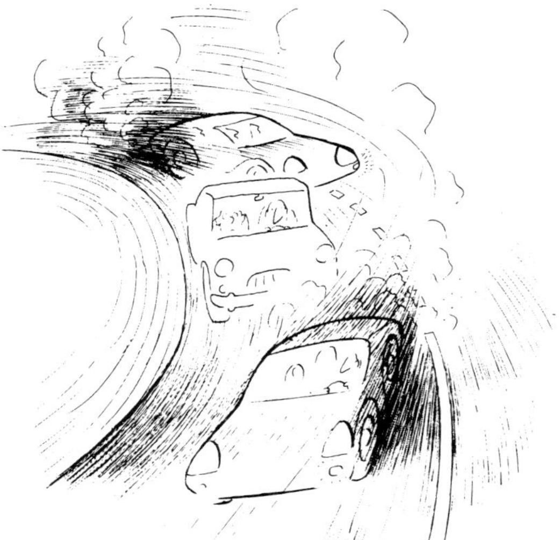

7.

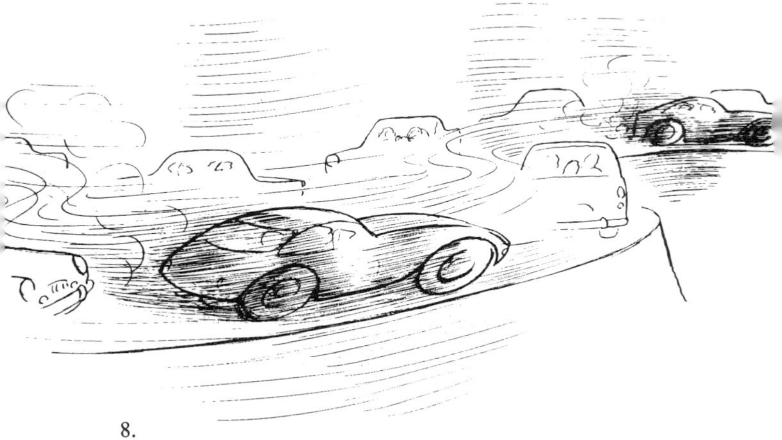

8.

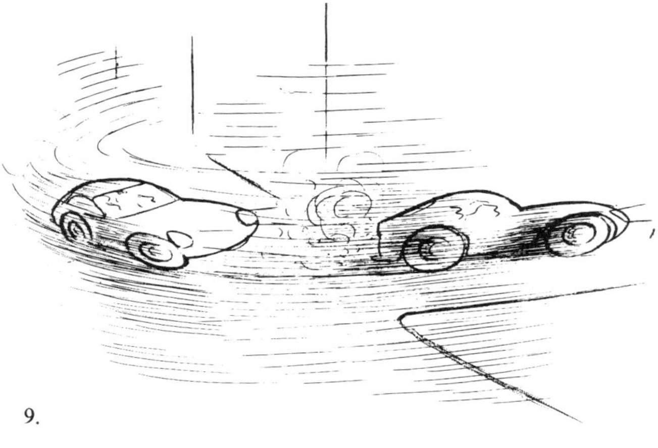

9.

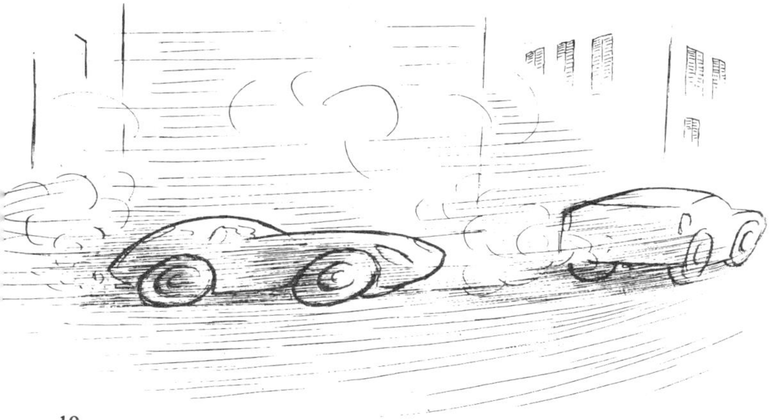

10.

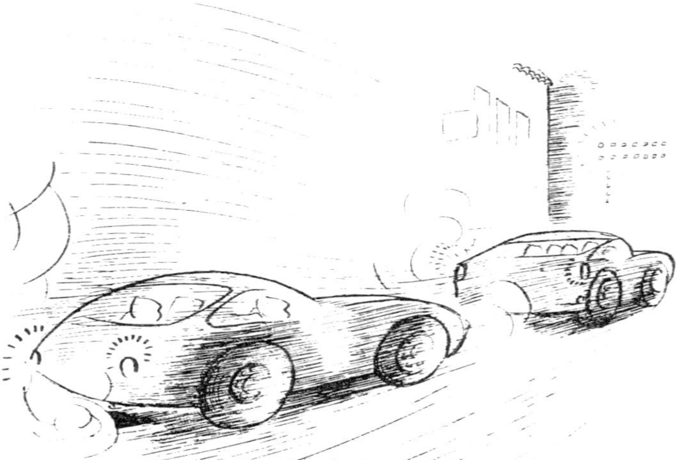

11.

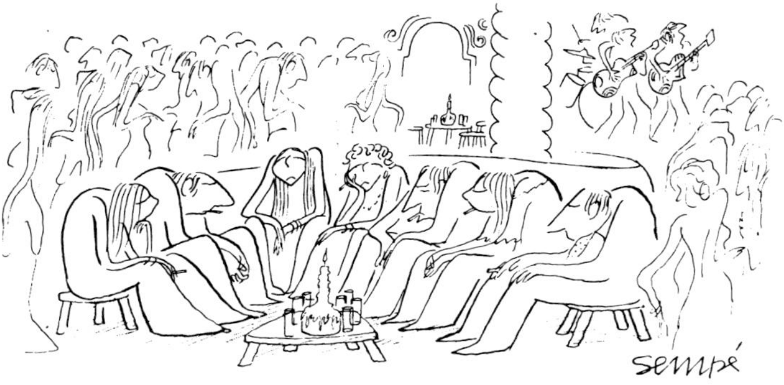
sempé

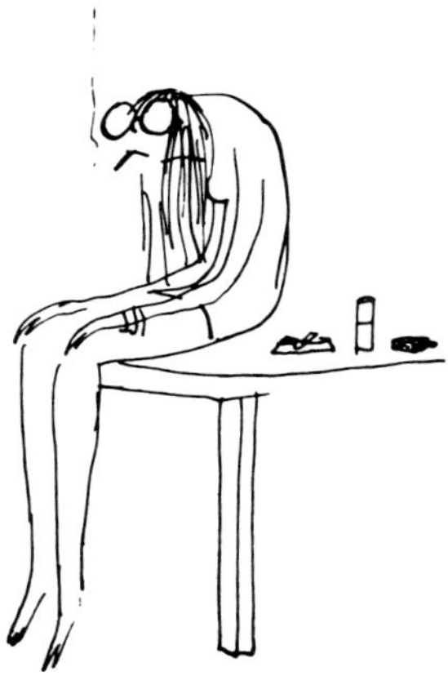

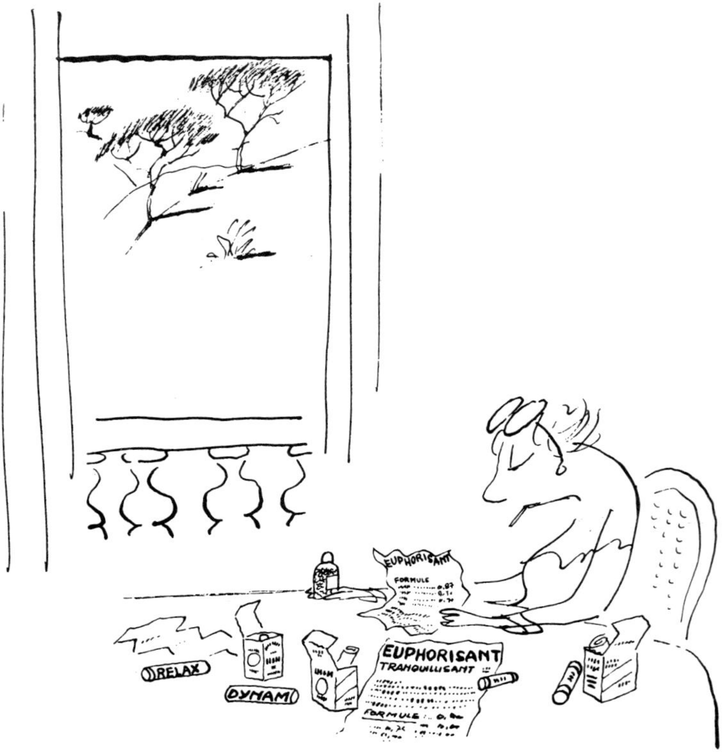
EUPHORISANT
FORMULE
RELAX
DYNAM
EUPHORISANT
TRANQUILLISANT
FORMULE

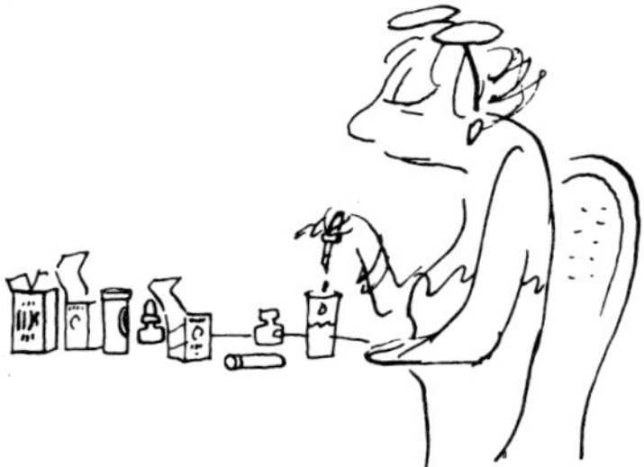

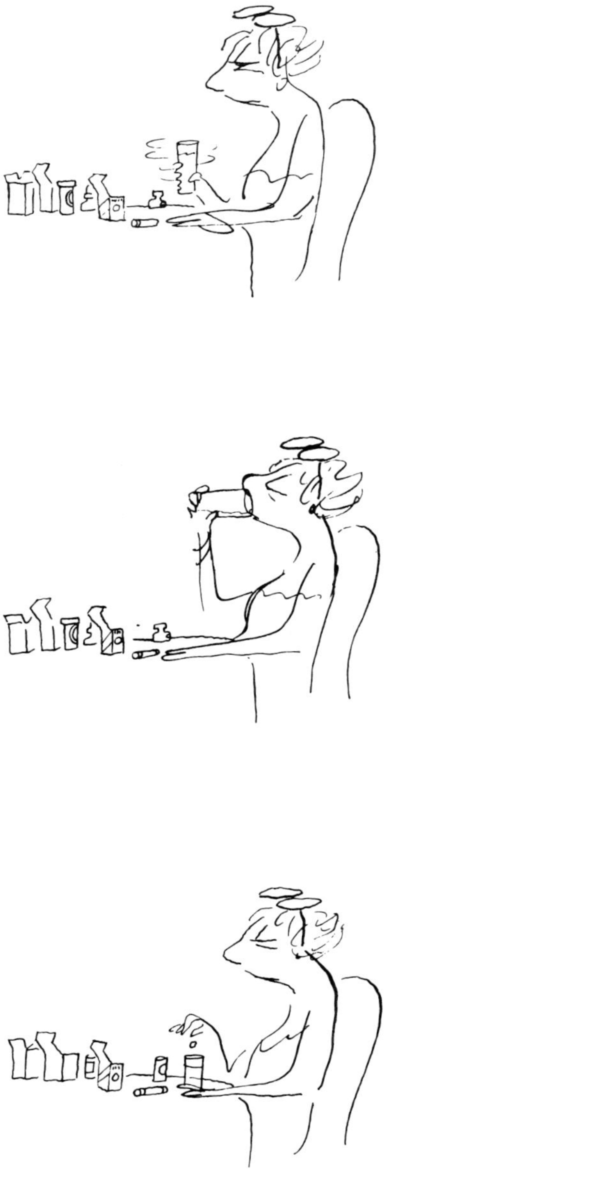

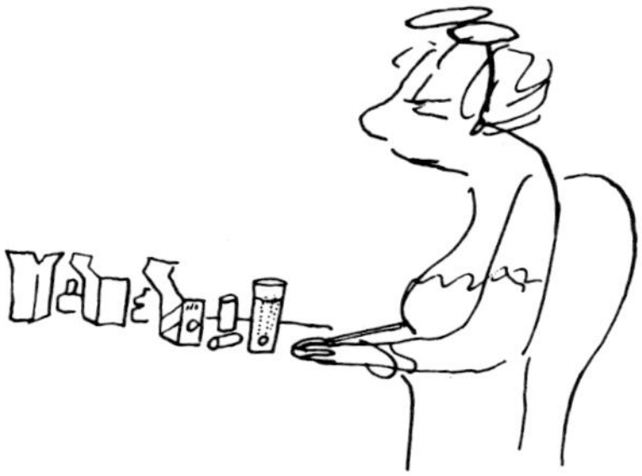

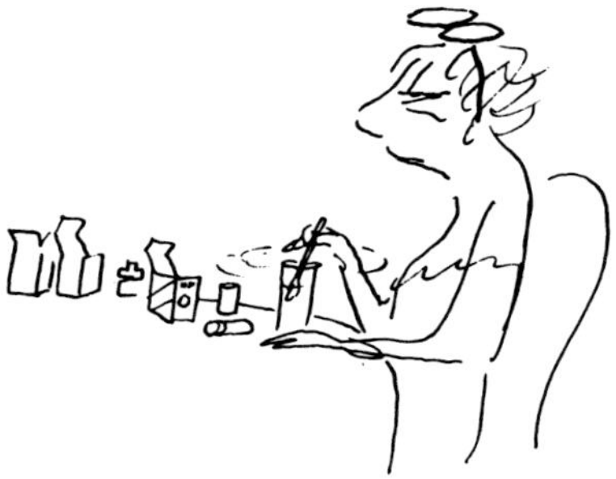

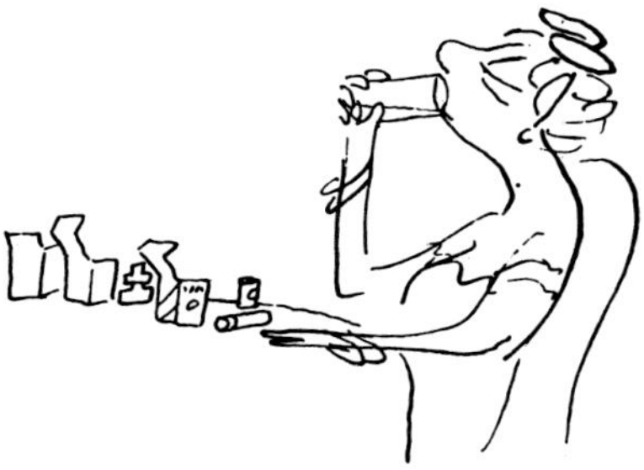

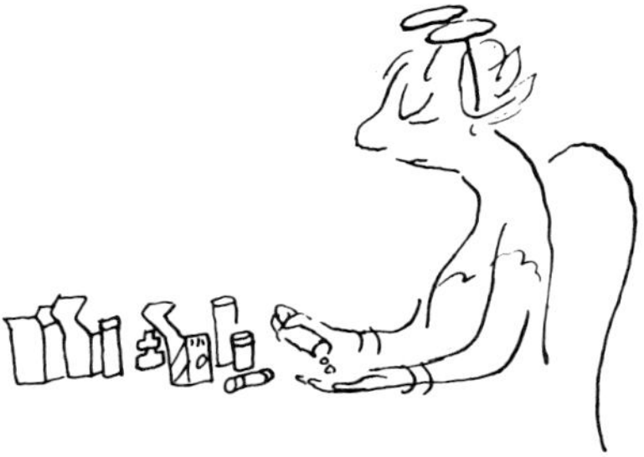

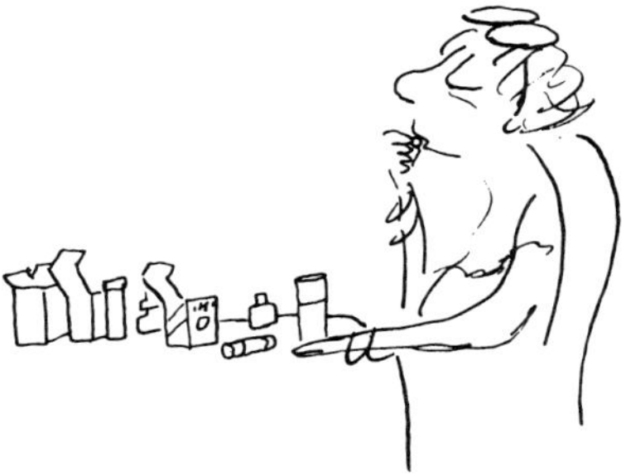

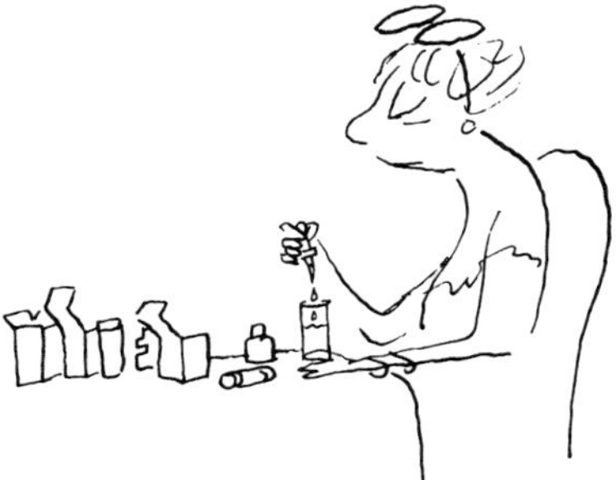

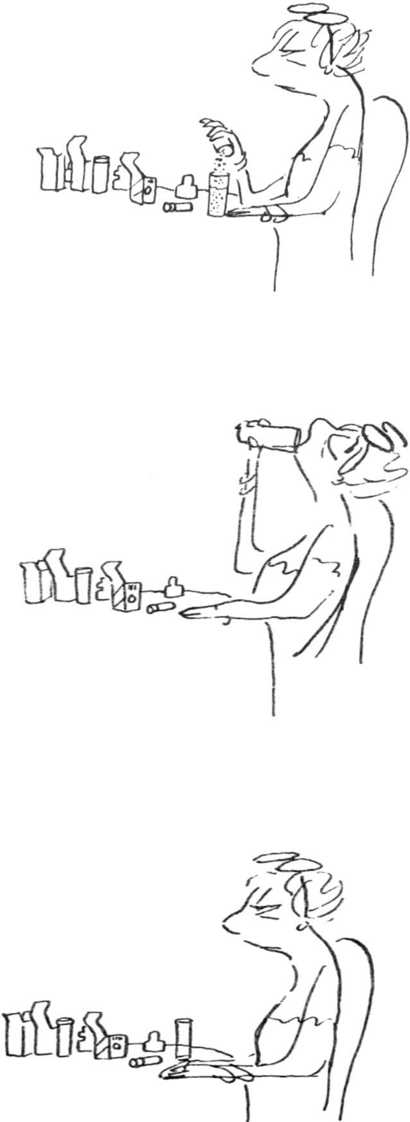

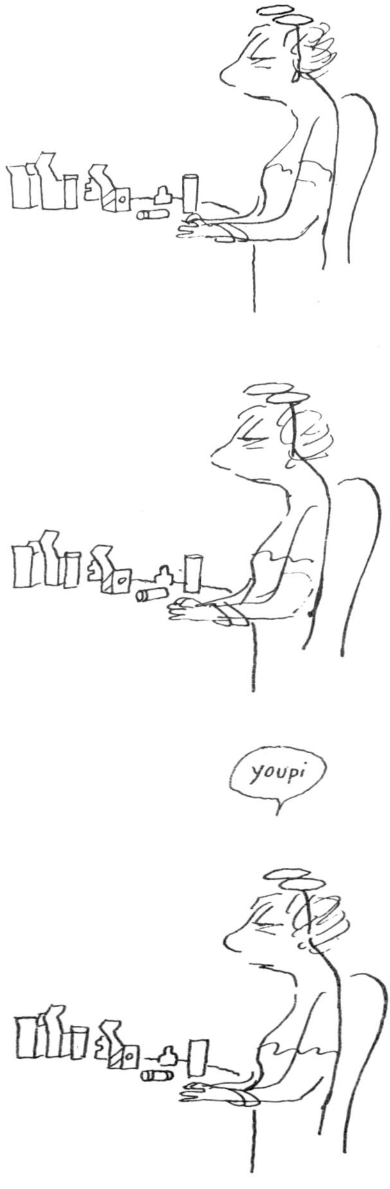
youpi

de vie intellectuelle,

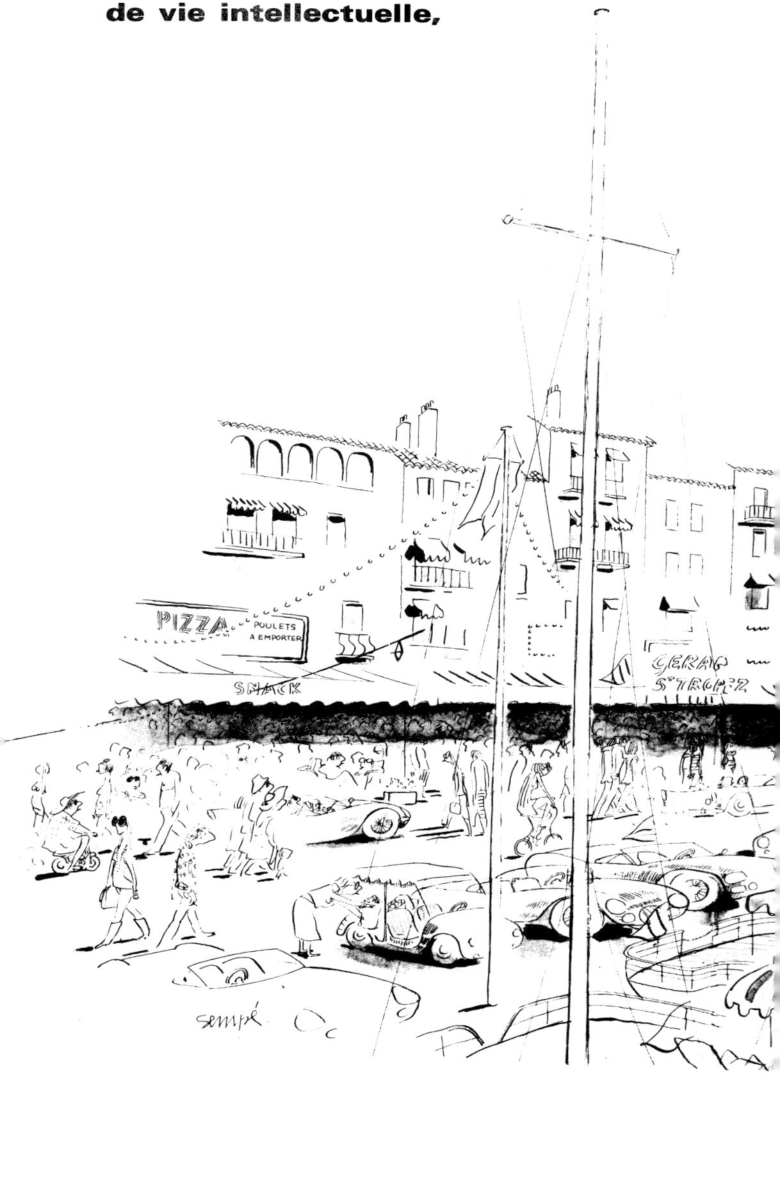

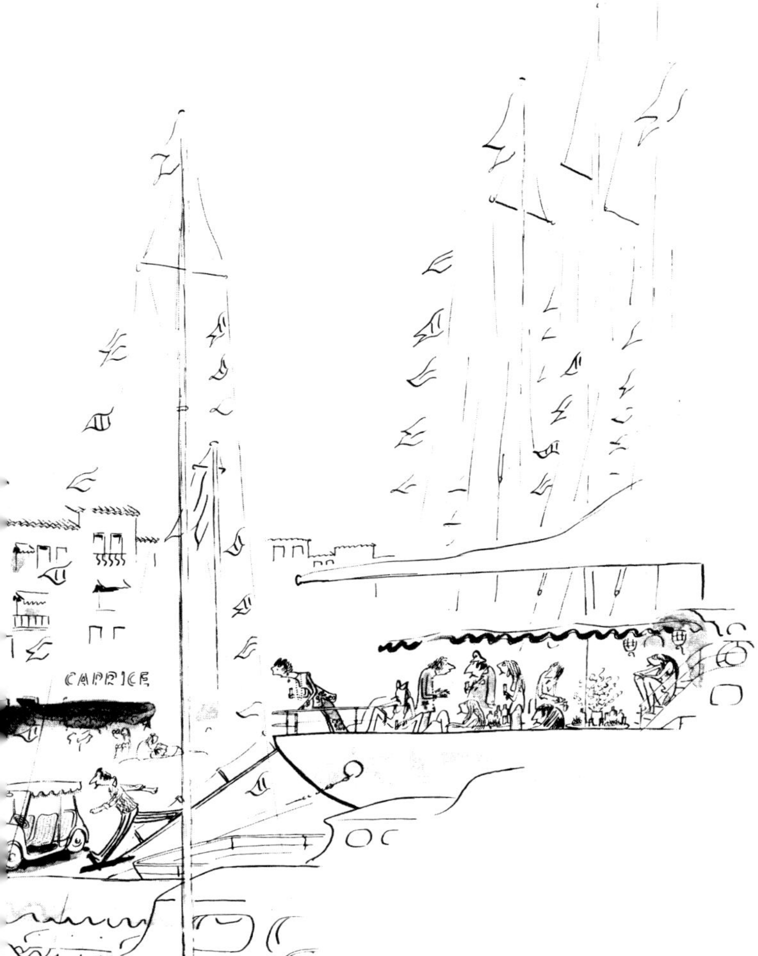

— "Bob, voyons ! Ce que veut dire Georges quand il estime que la pensée de Mao Tsé toung a moins de pureté que celle de Marx, c'est que ..."

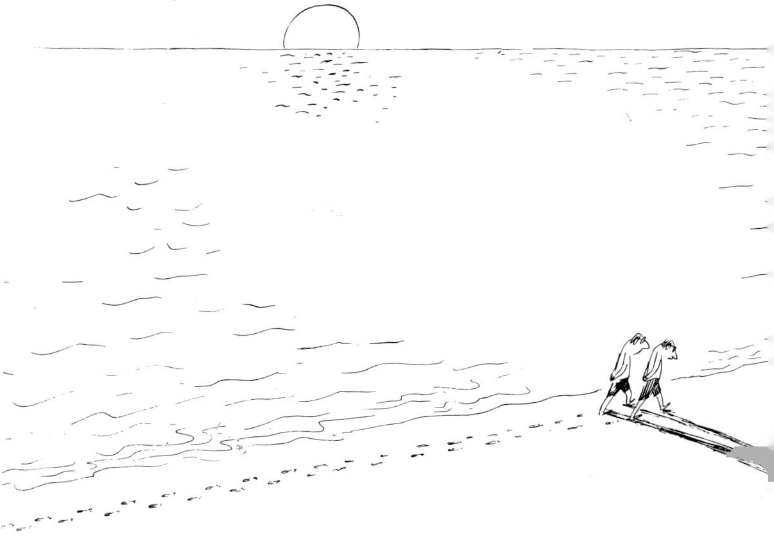

— “J’ai essayé le christianisme... Puis le socialisme... Maintenant, je vais essayer l’érotisme...”

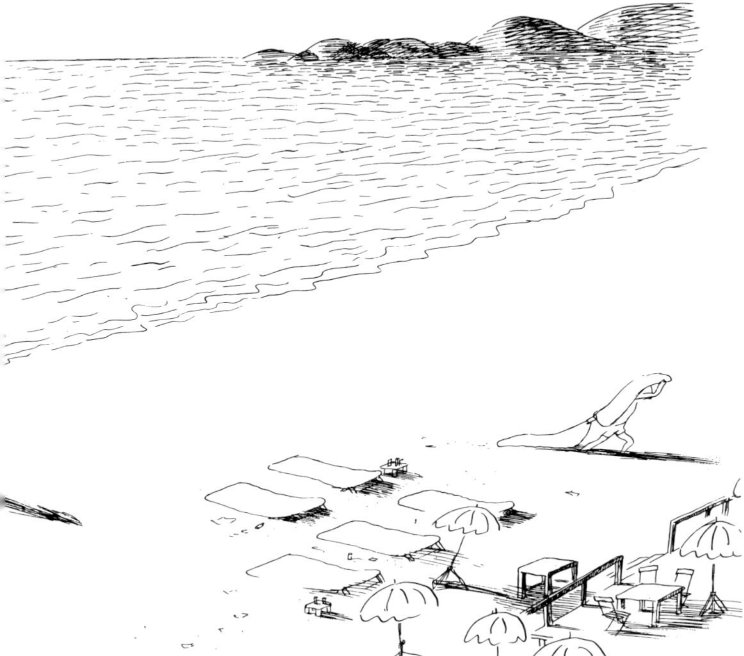

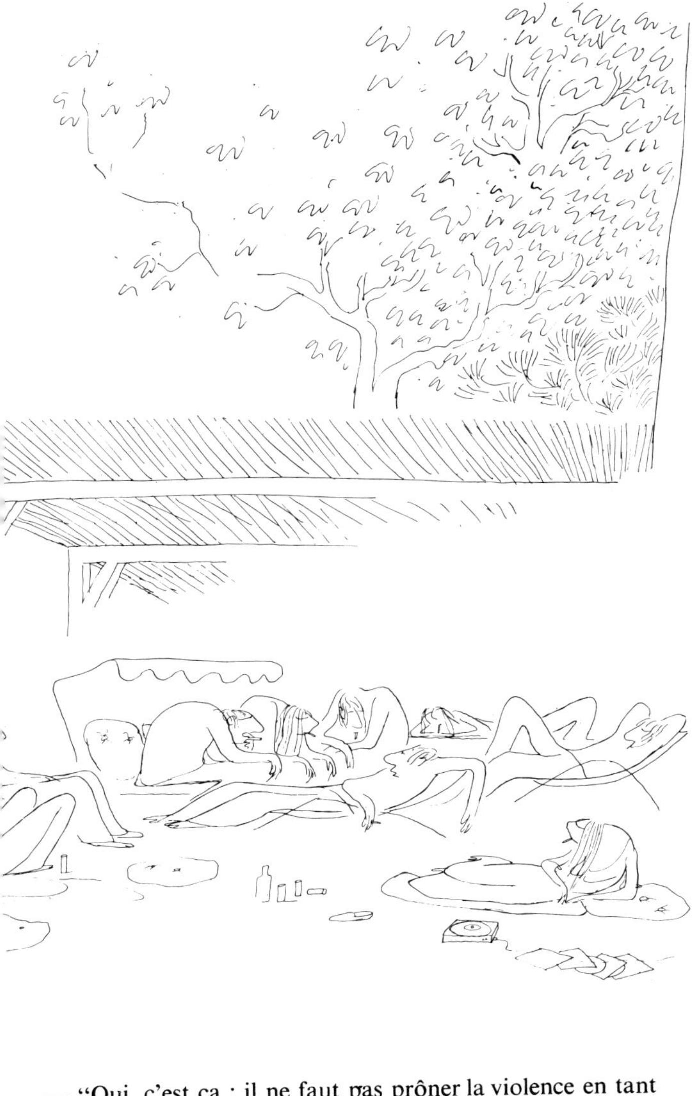

— "Oui, c'est ça : il ne faut pas prôner la violence en tant que telle, mais la violence est nécessaire, et il ne faut être pour la violence que dans le cadre d'une révolution."

que dans ce petit paradis qu'est...

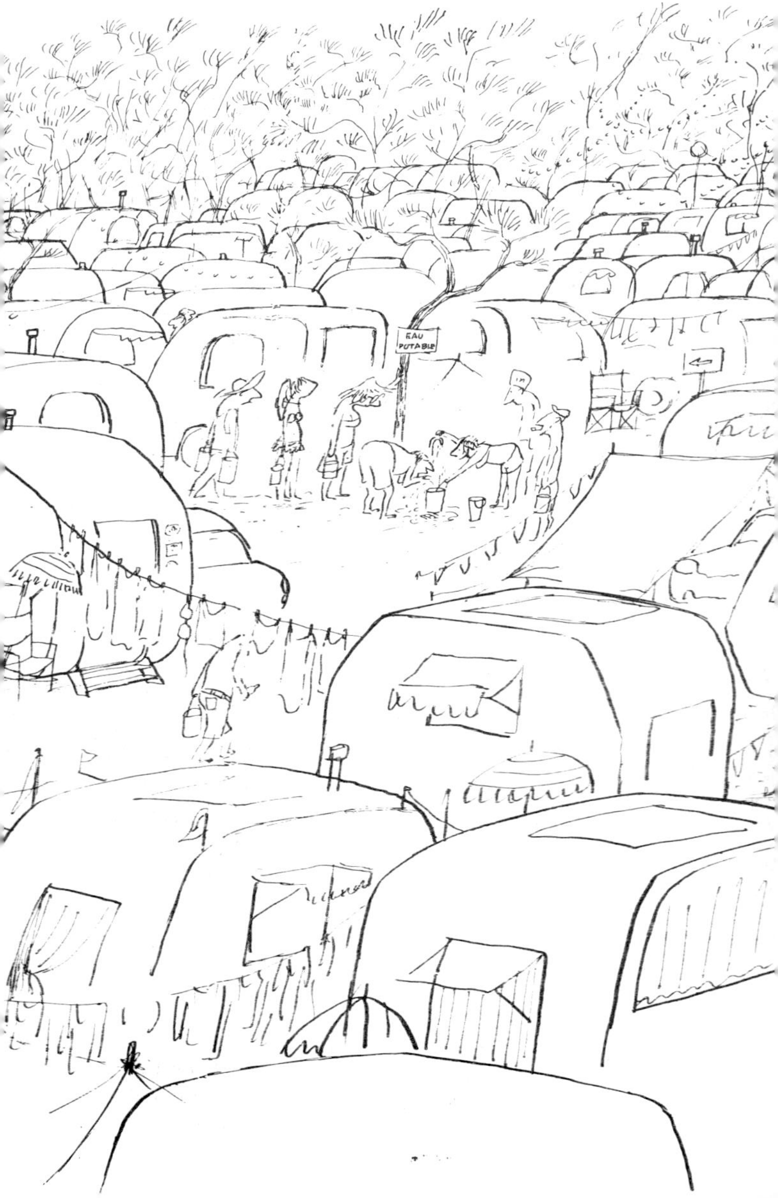

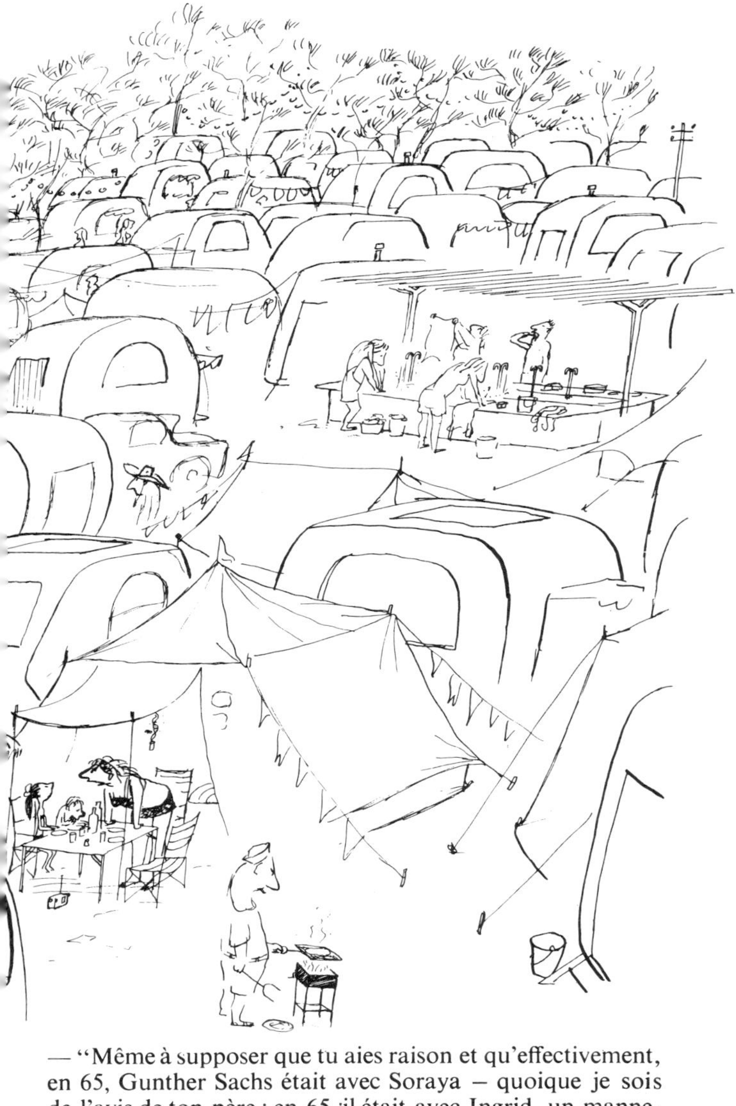

— "Même à supposer que tu aies raison et qu'effectivement, en 65, Gunther Sachs était avec Soraya – quoique je sois de l'avis de ton père : en 65, il était avec Ingrid, un mannequin allemand – tu n'as pas à lui répondre sur ce ton."

Saint-Tropez.

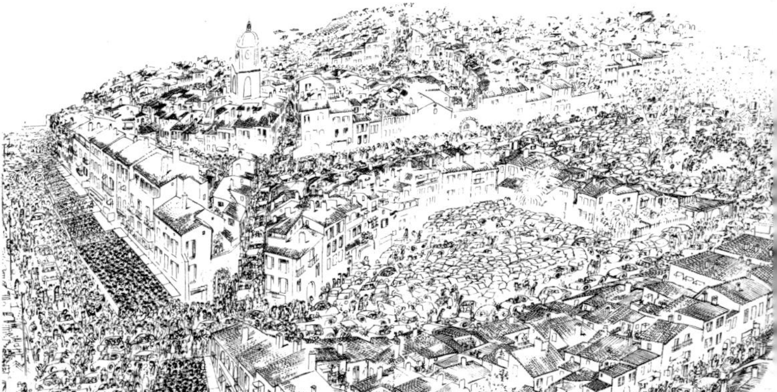

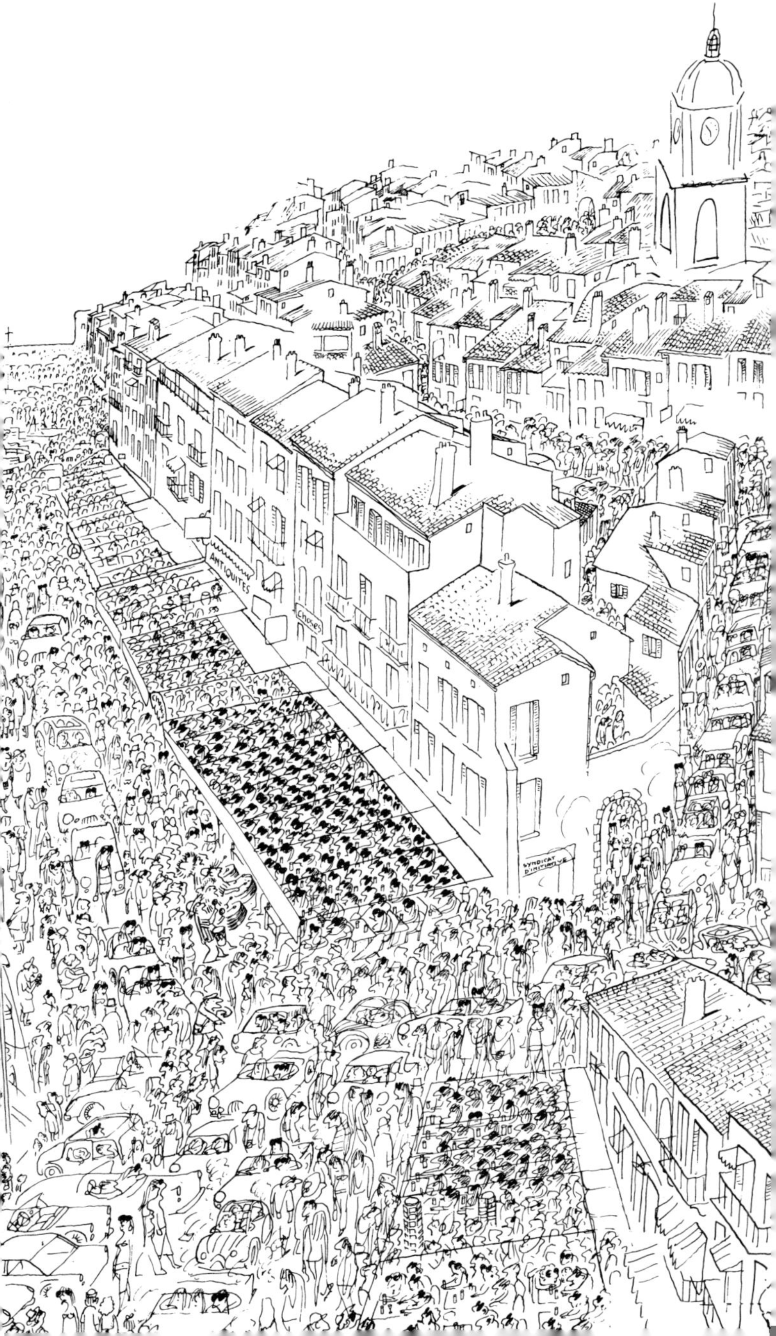
ANTIQUITES
Choses
SYNDICAT D'INITIATIVE

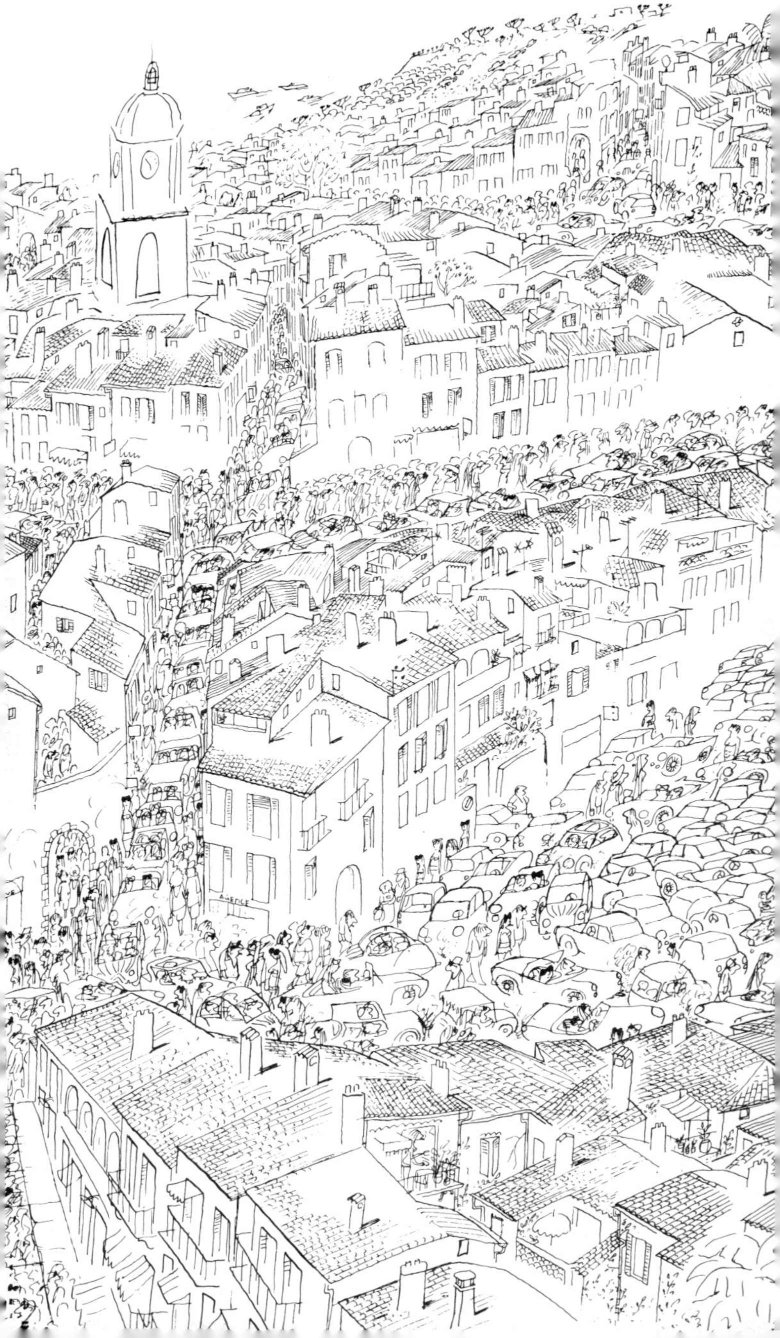
AGENCE

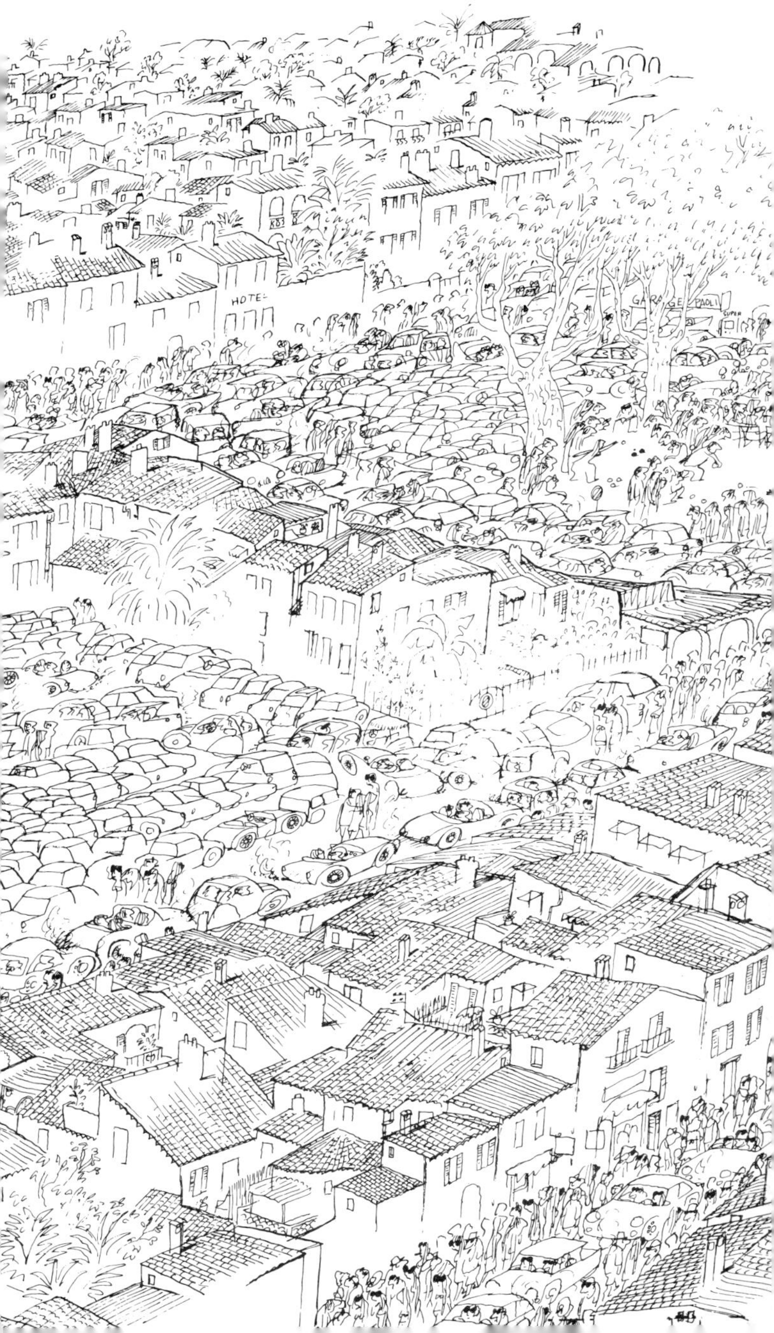
HOTEL
GARAGE PAOLI
SUPER

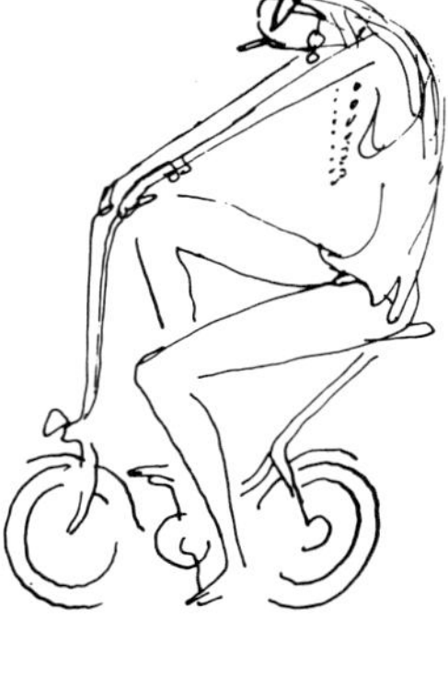

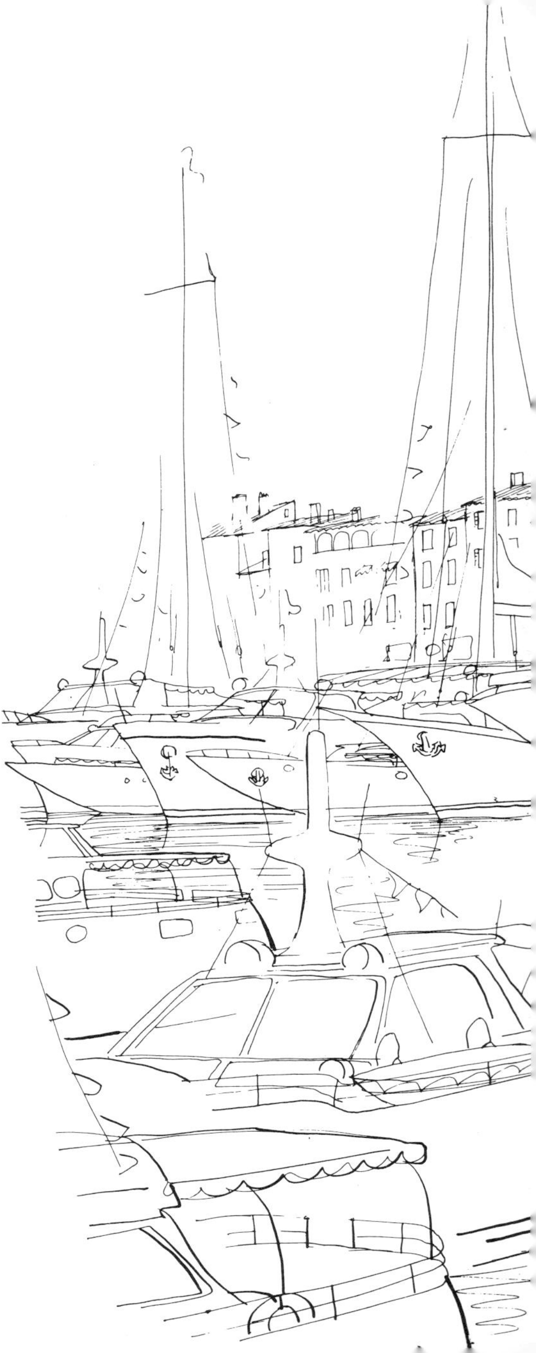

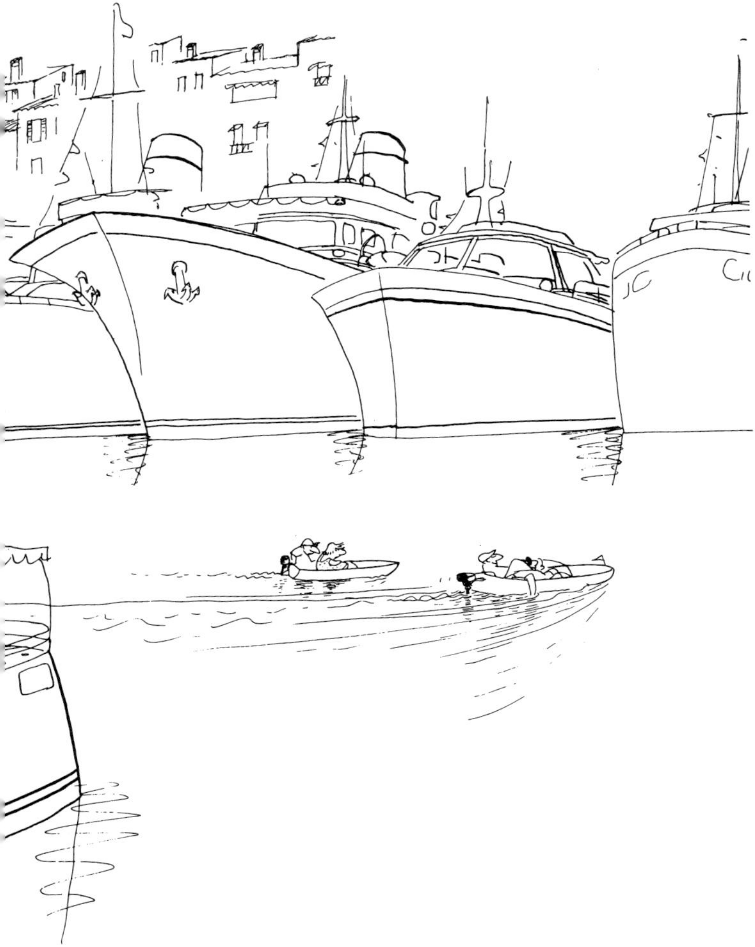

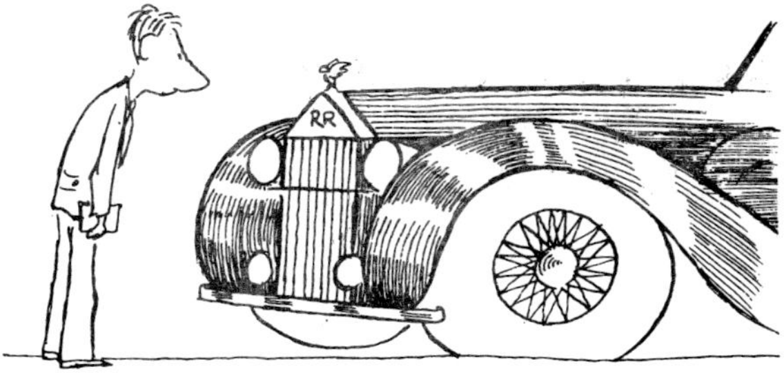

1.

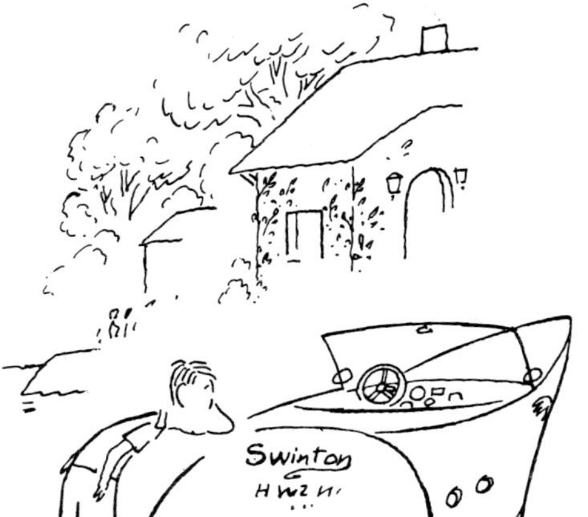

2.

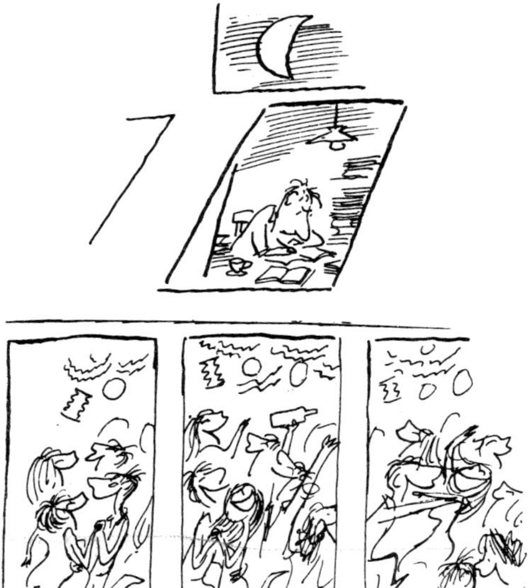

3.

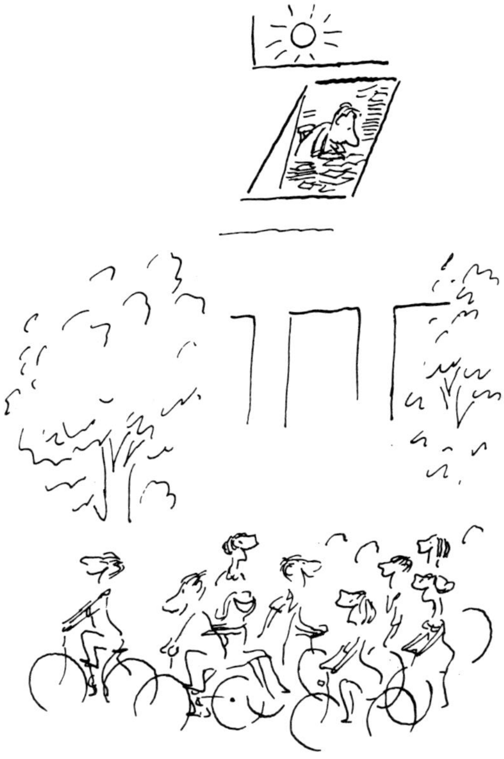

4.

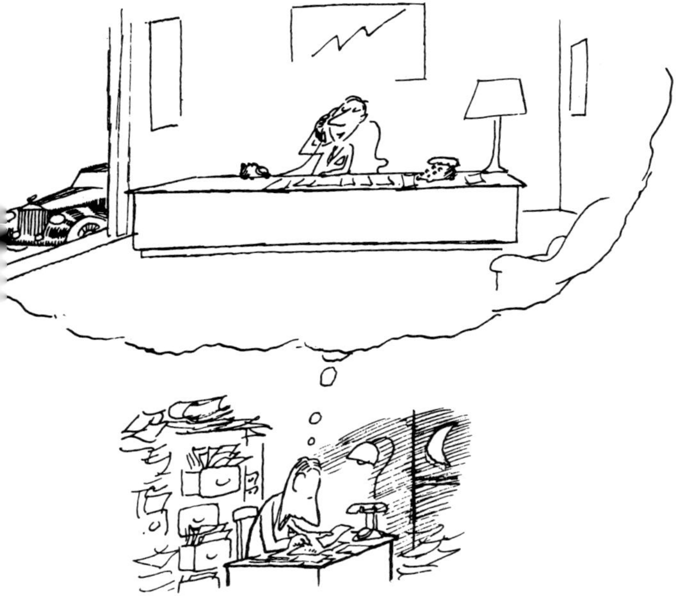

5.

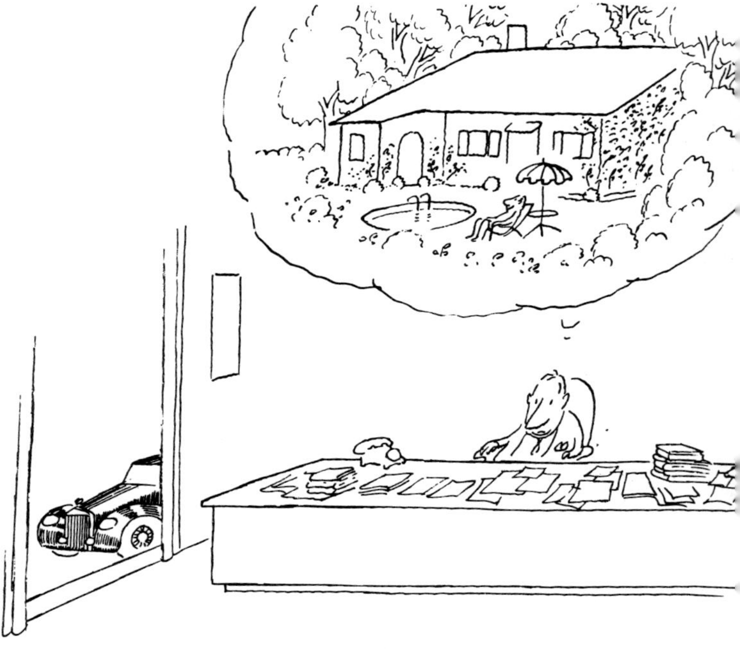

6.

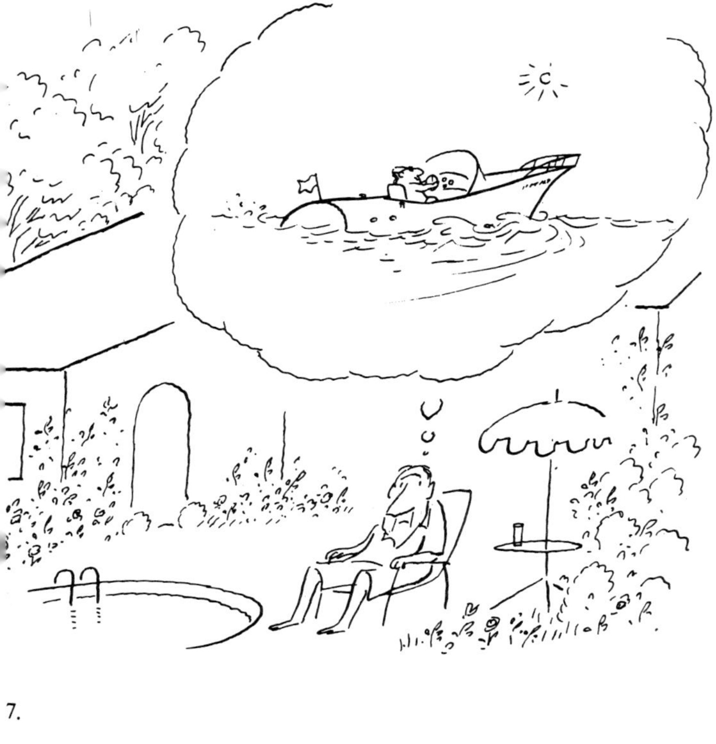

7.

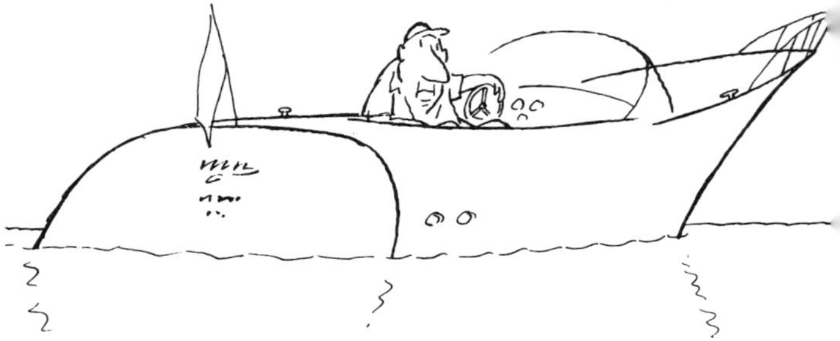

8.

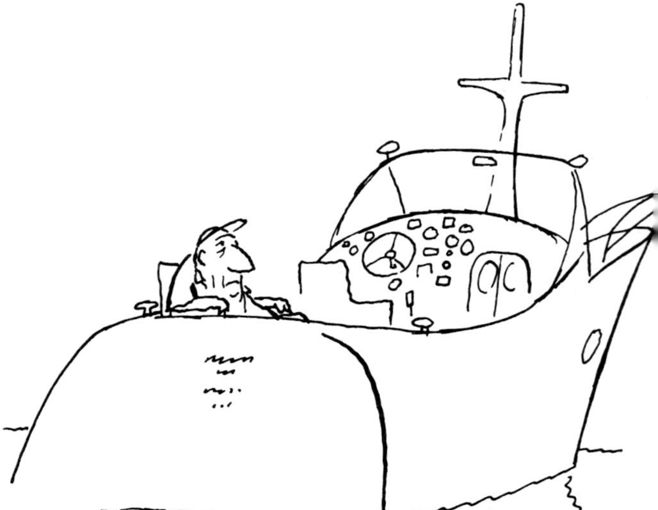

9.

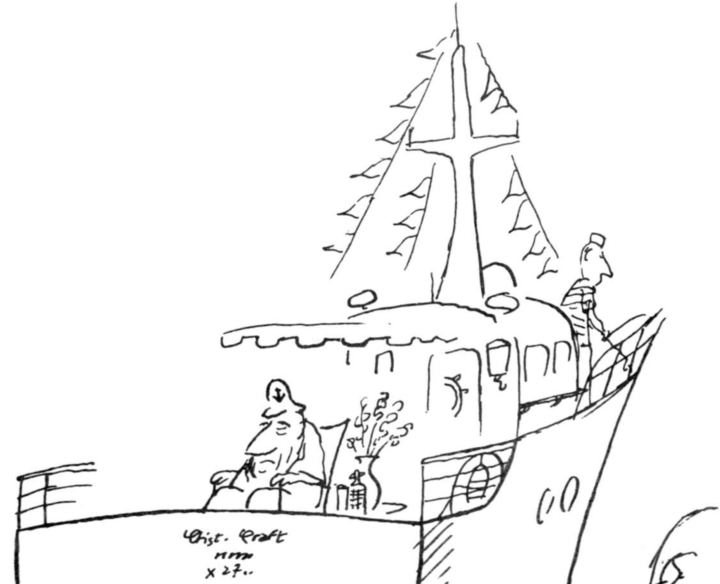

→

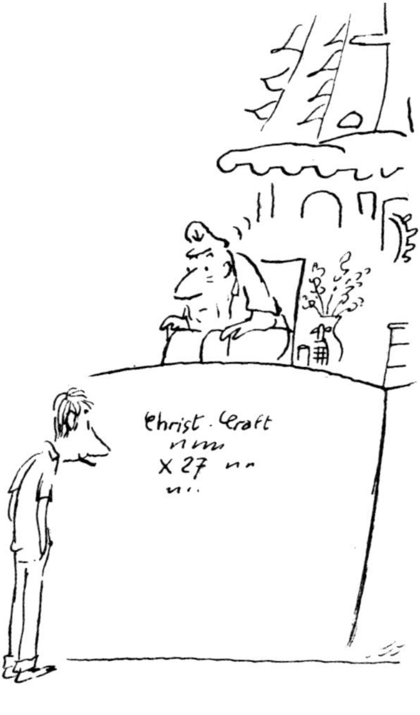

11.

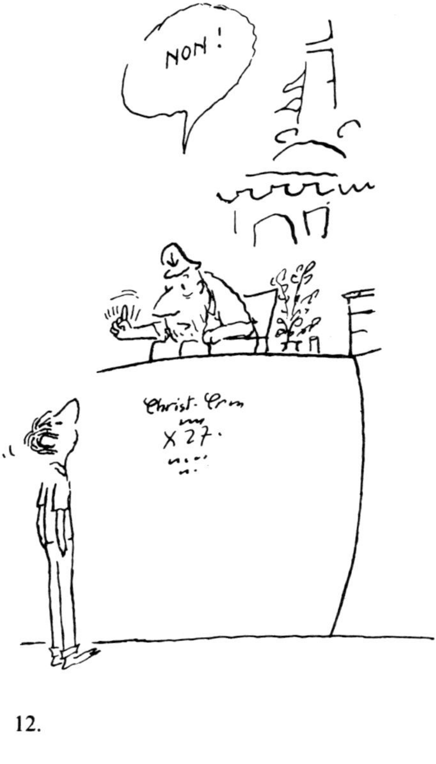

12.

→

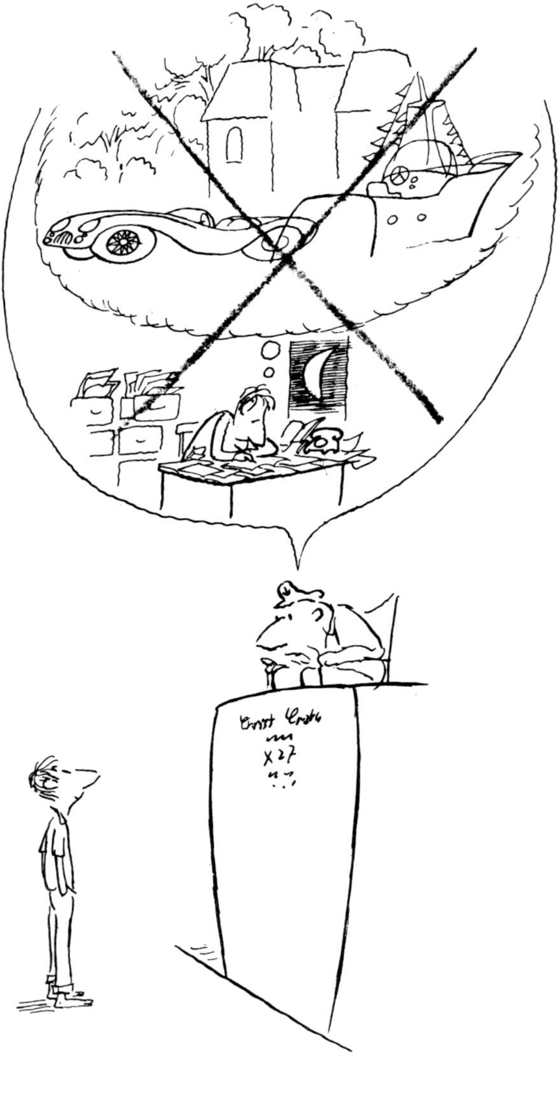

13.

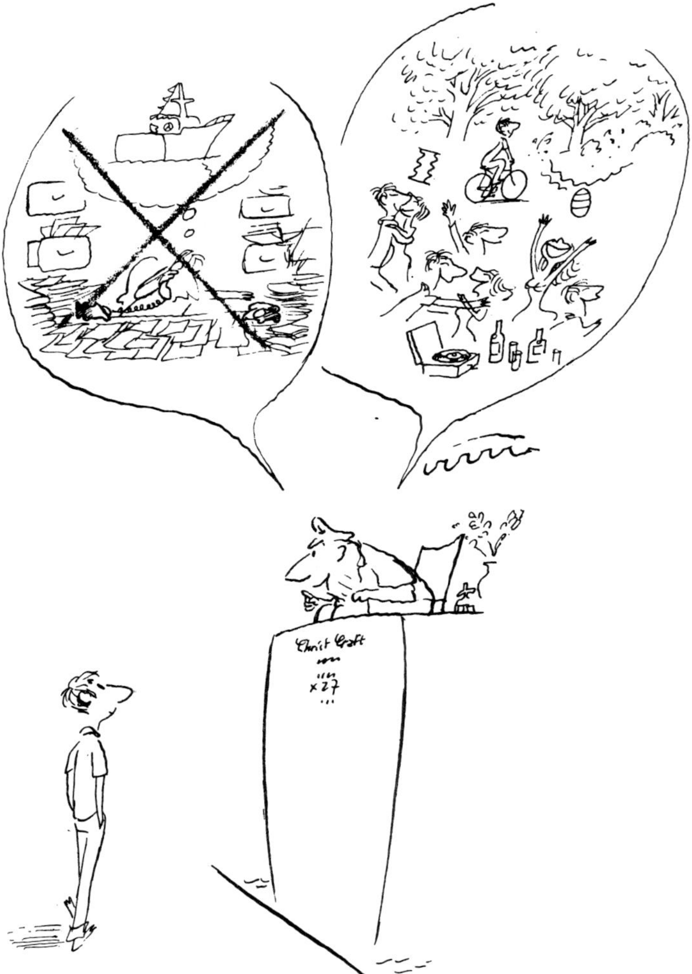

14.

→

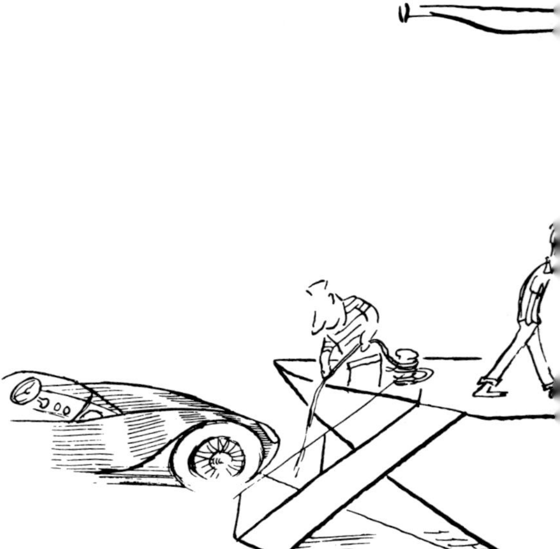

15.

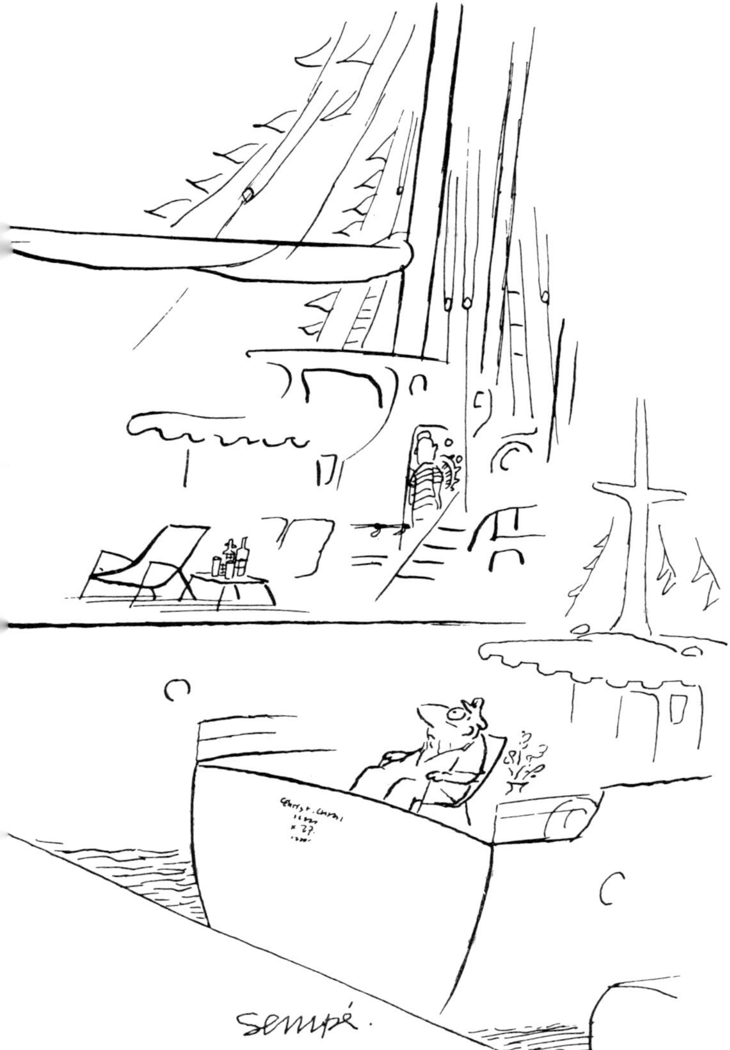
sempé.

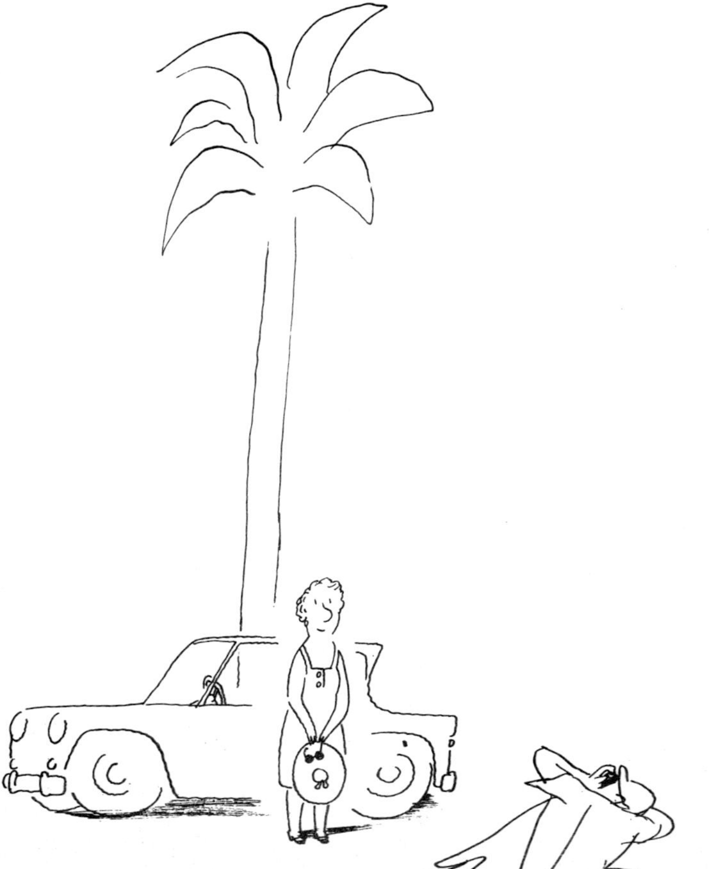

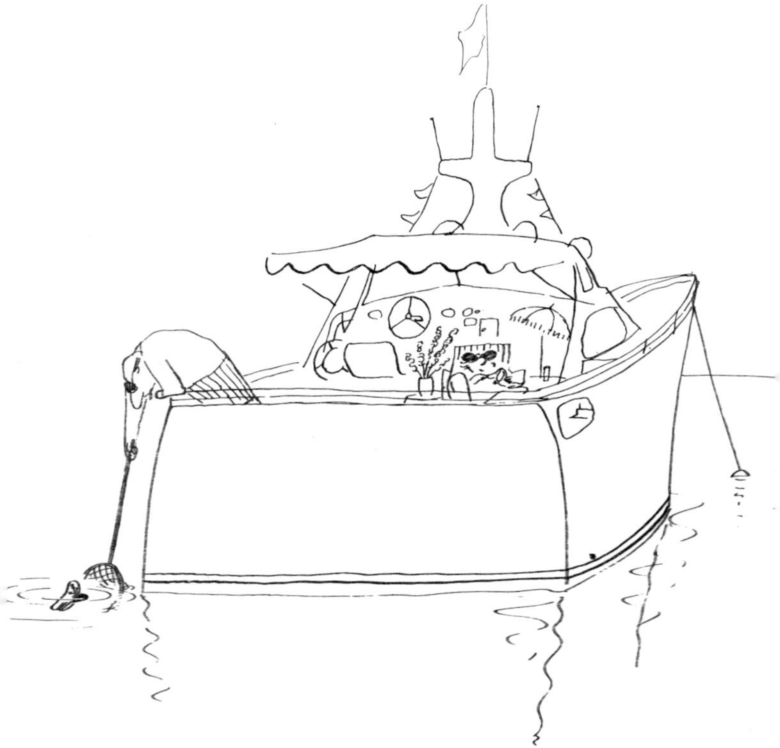

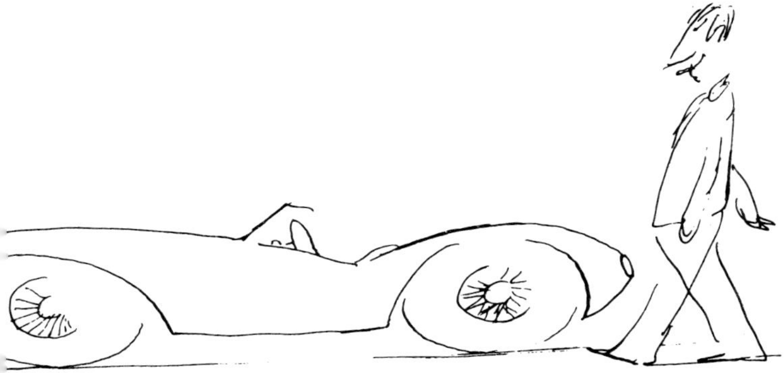

1.

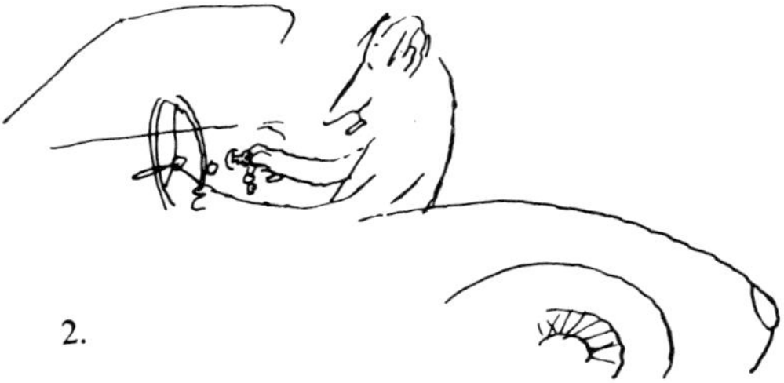

2.

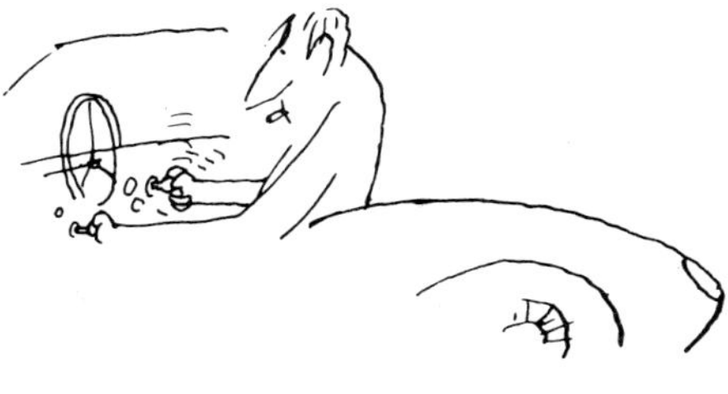

3.

→

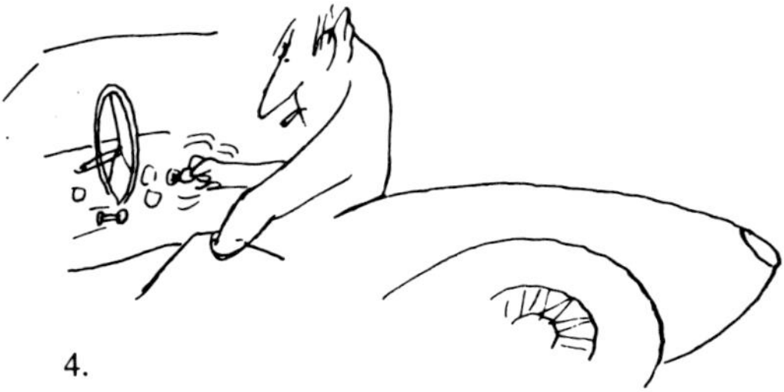

4.

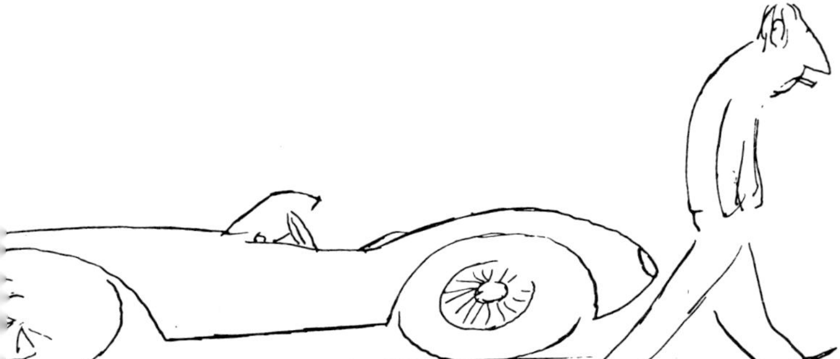

5.

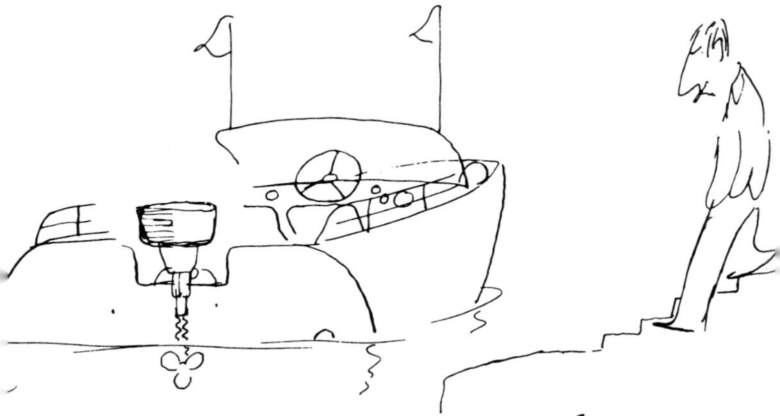

6.

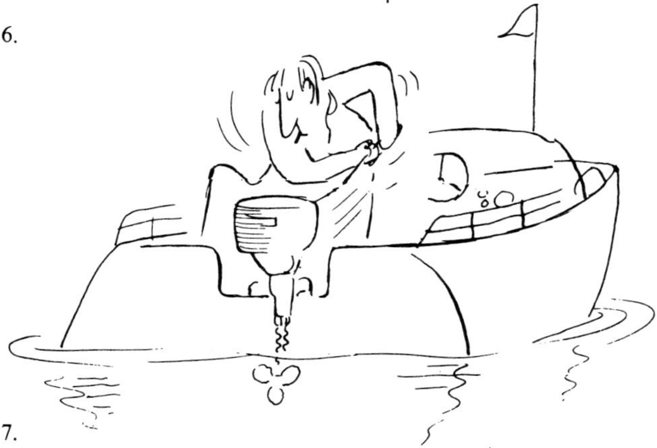

7.

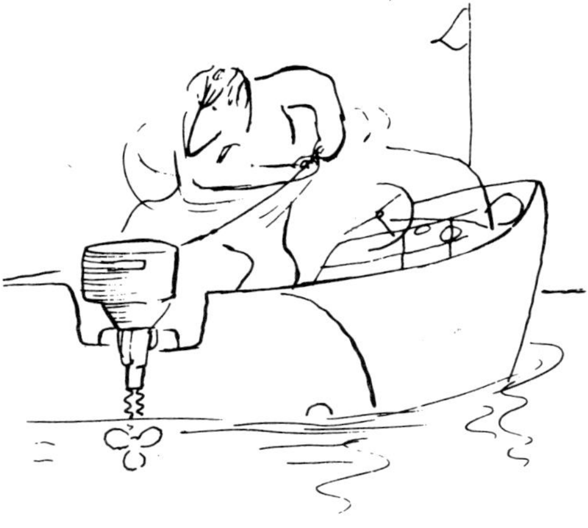

8.

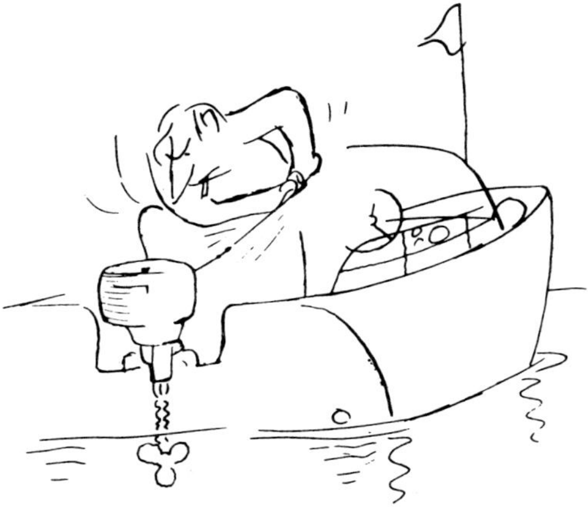

9.

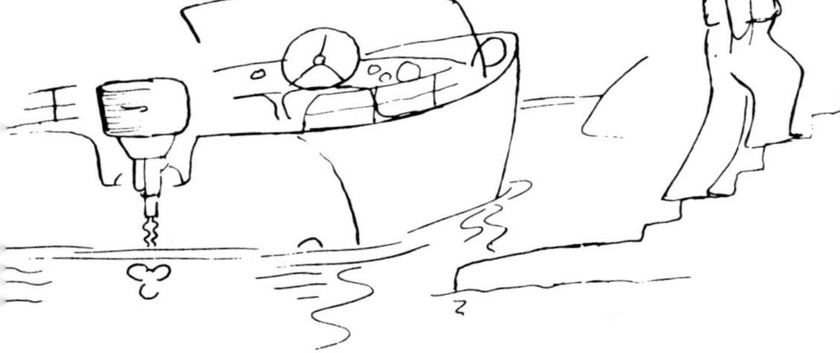

10.

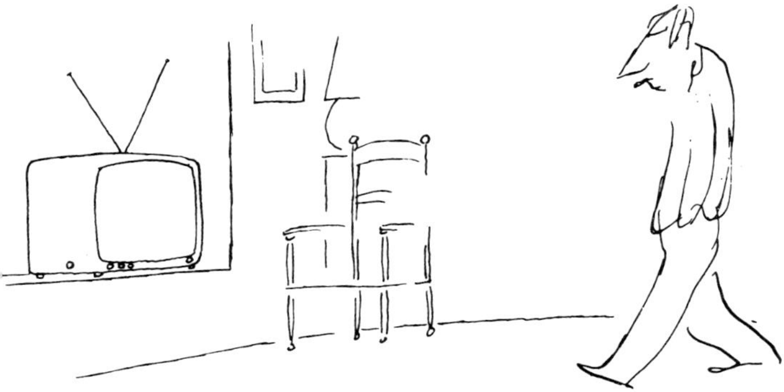

11.

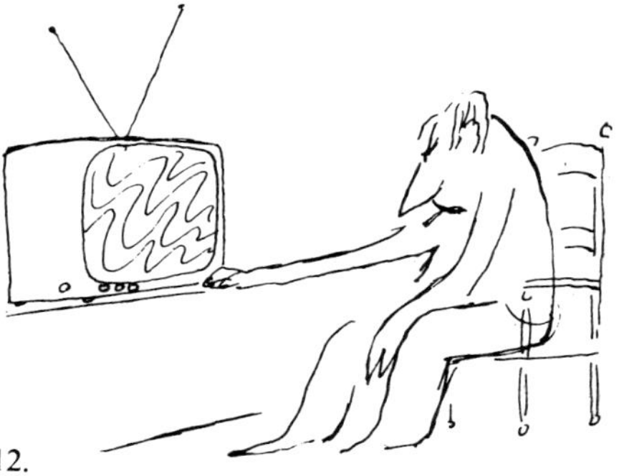

12.

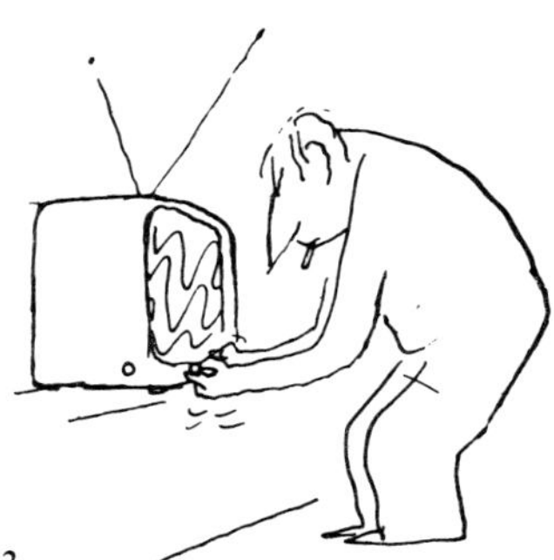

13.

→

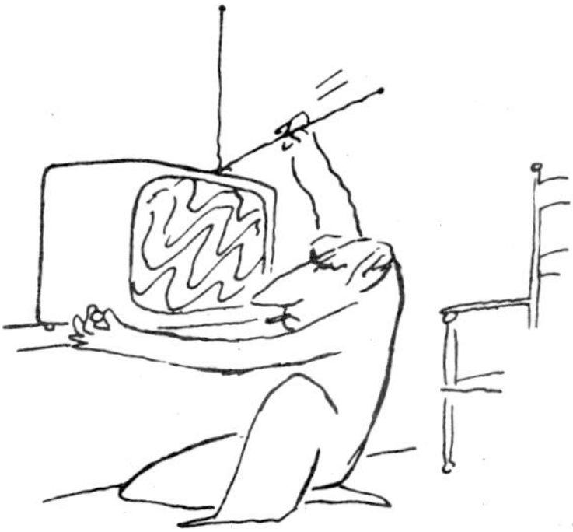

14.

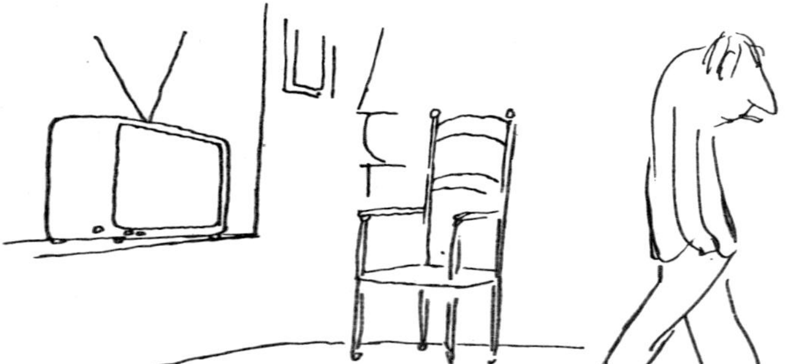

15.

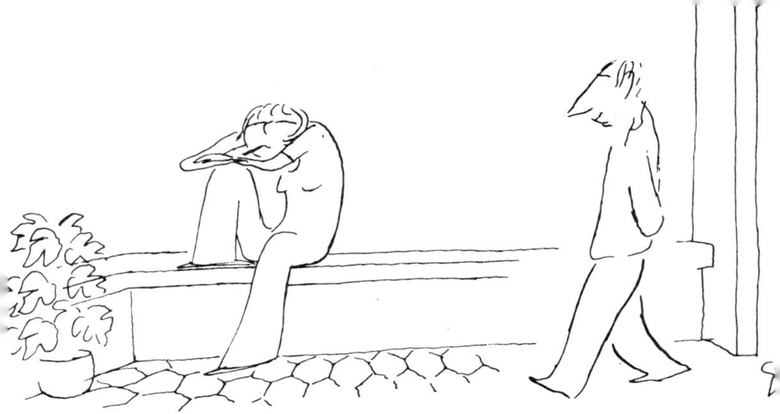

16.

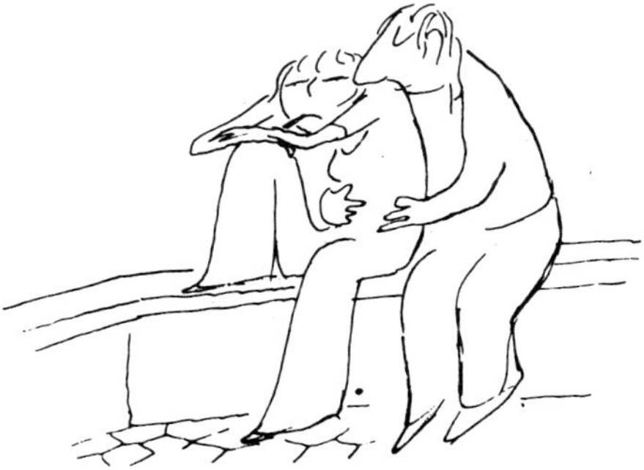

17.

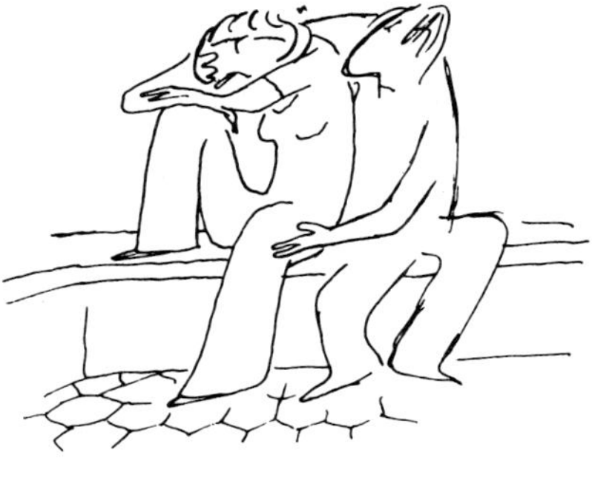

18.

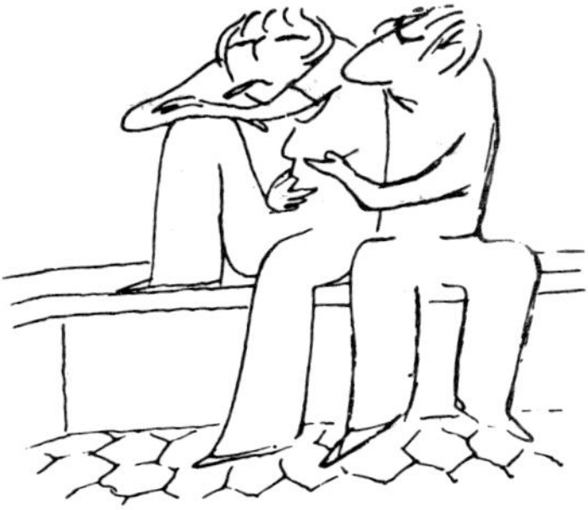

19.

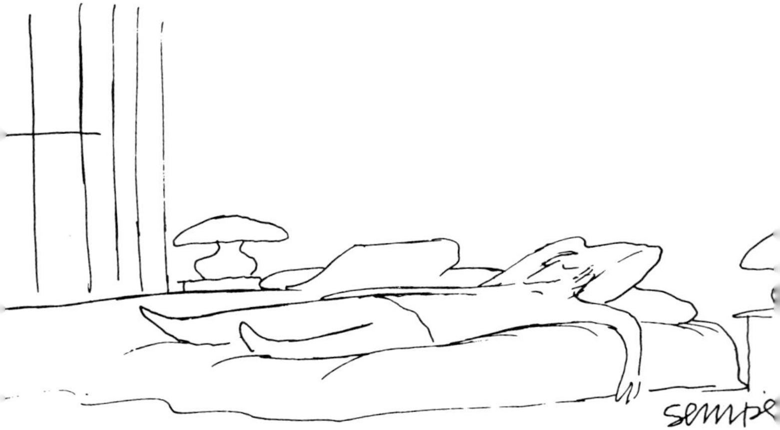

20.

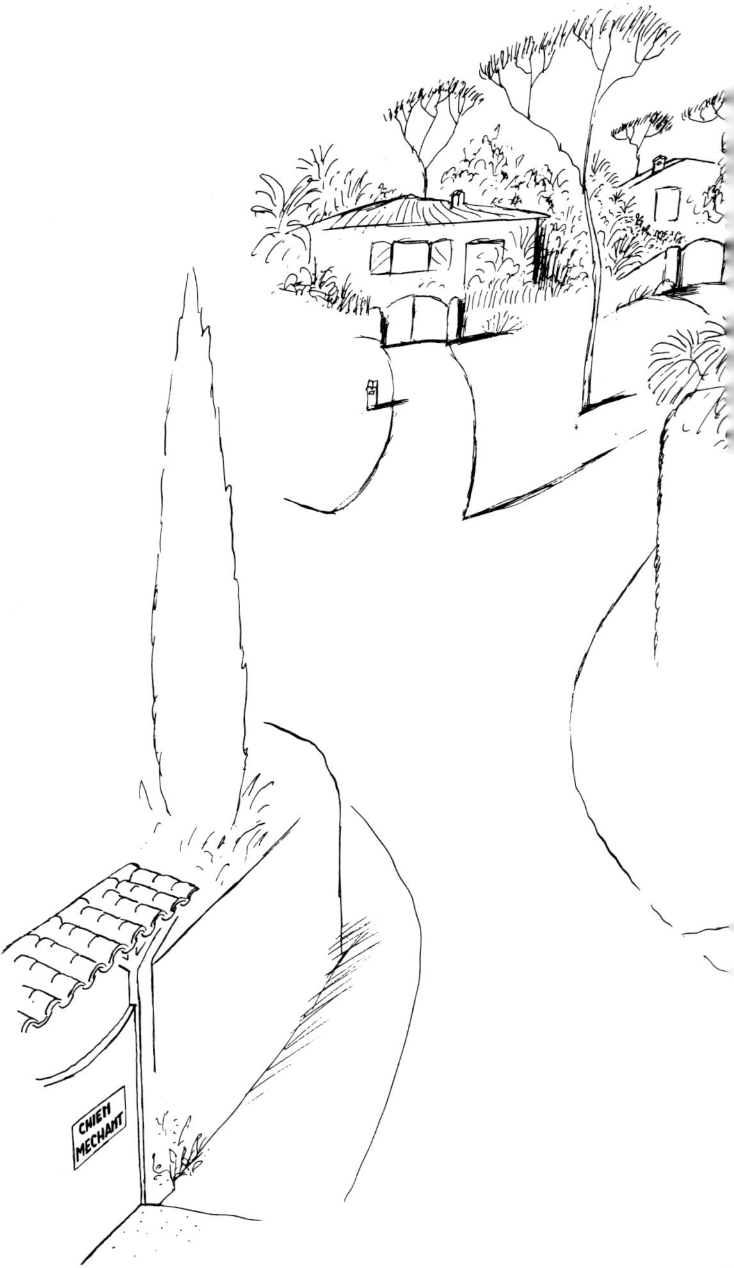
CHIEN
MECHANT

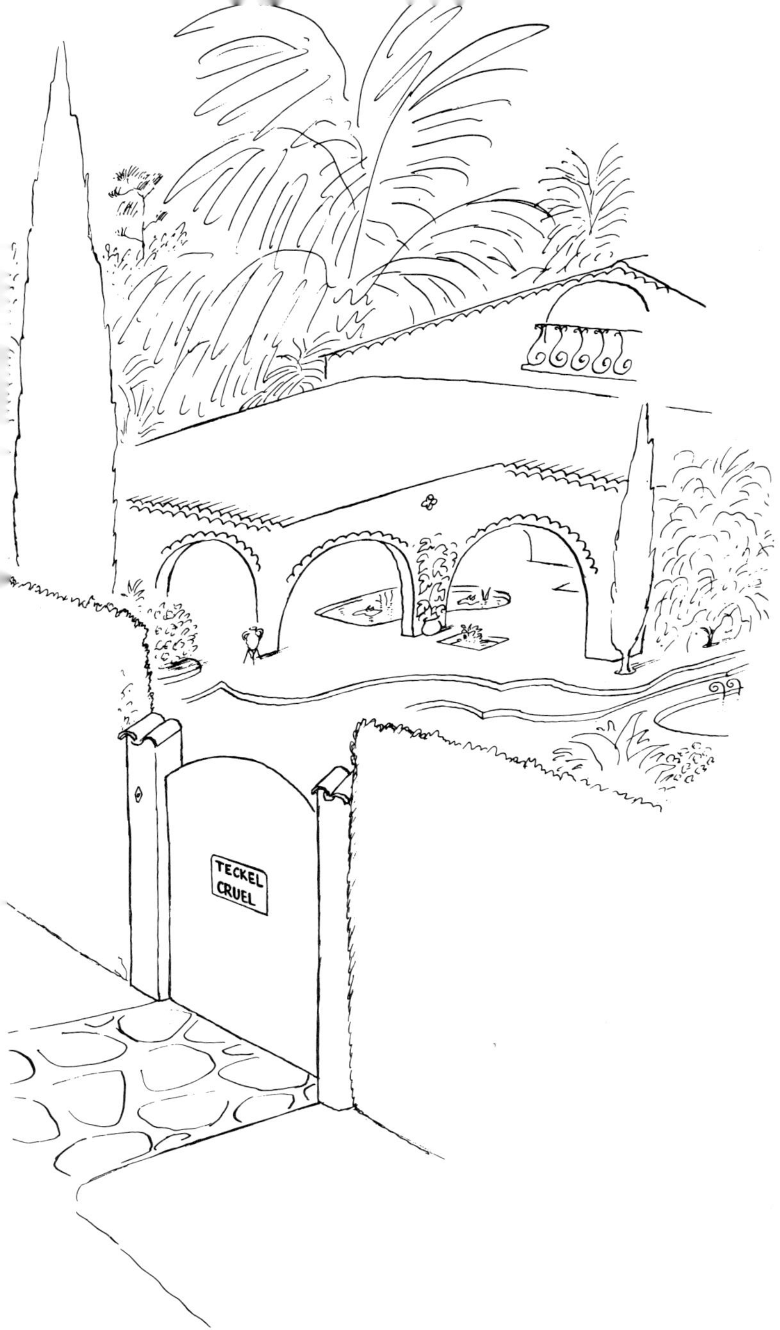
TECKEL
CRUEL

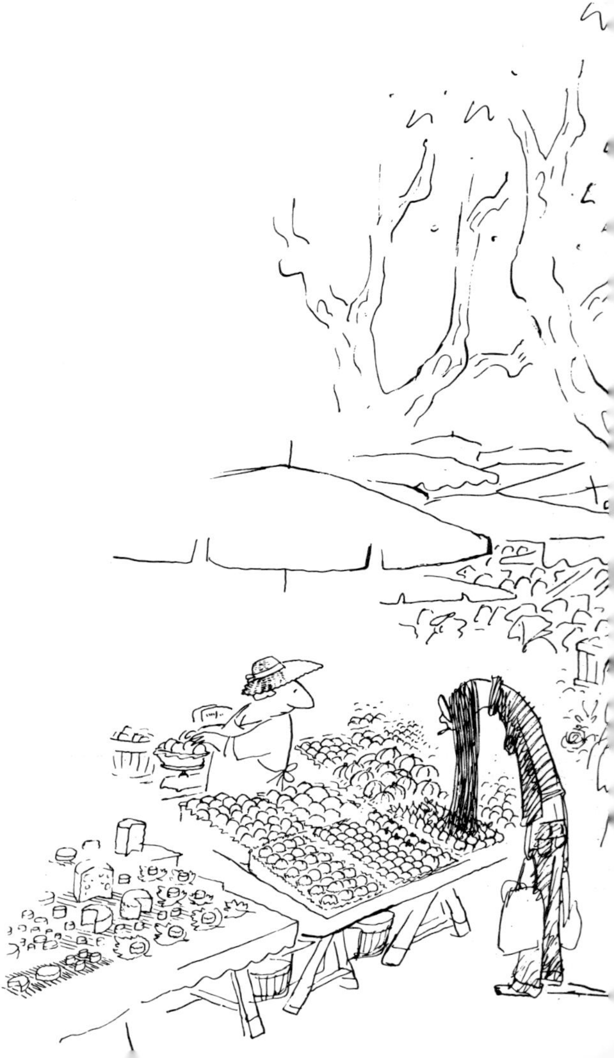

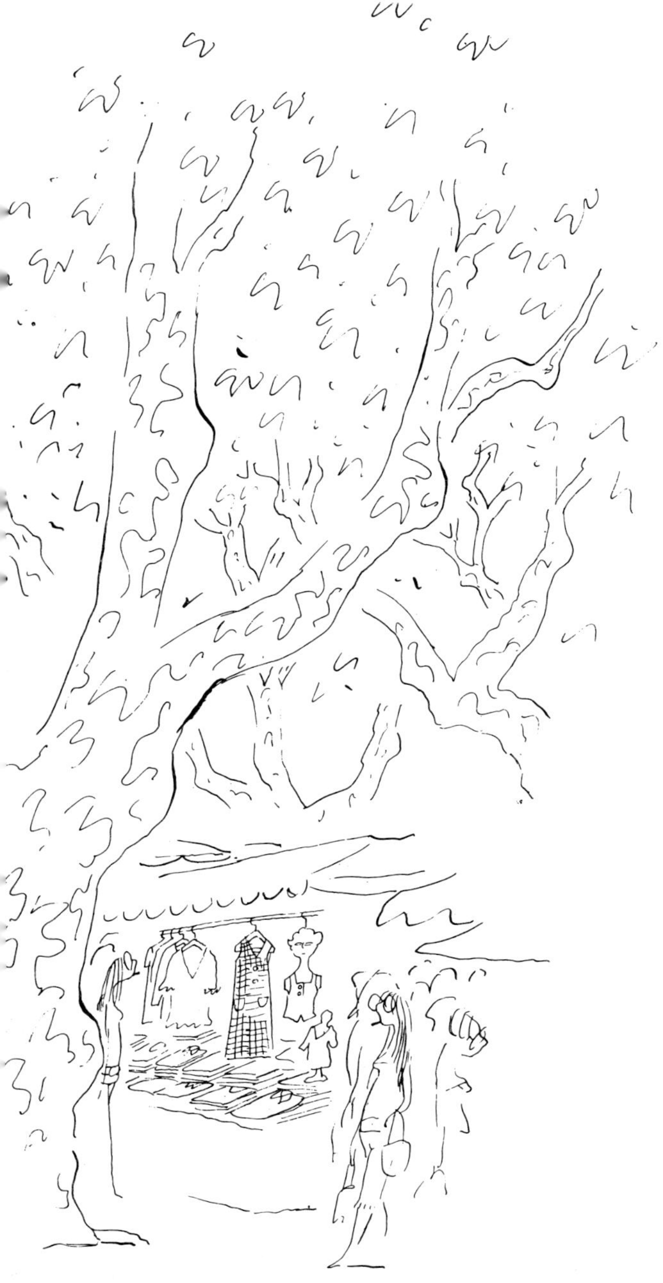

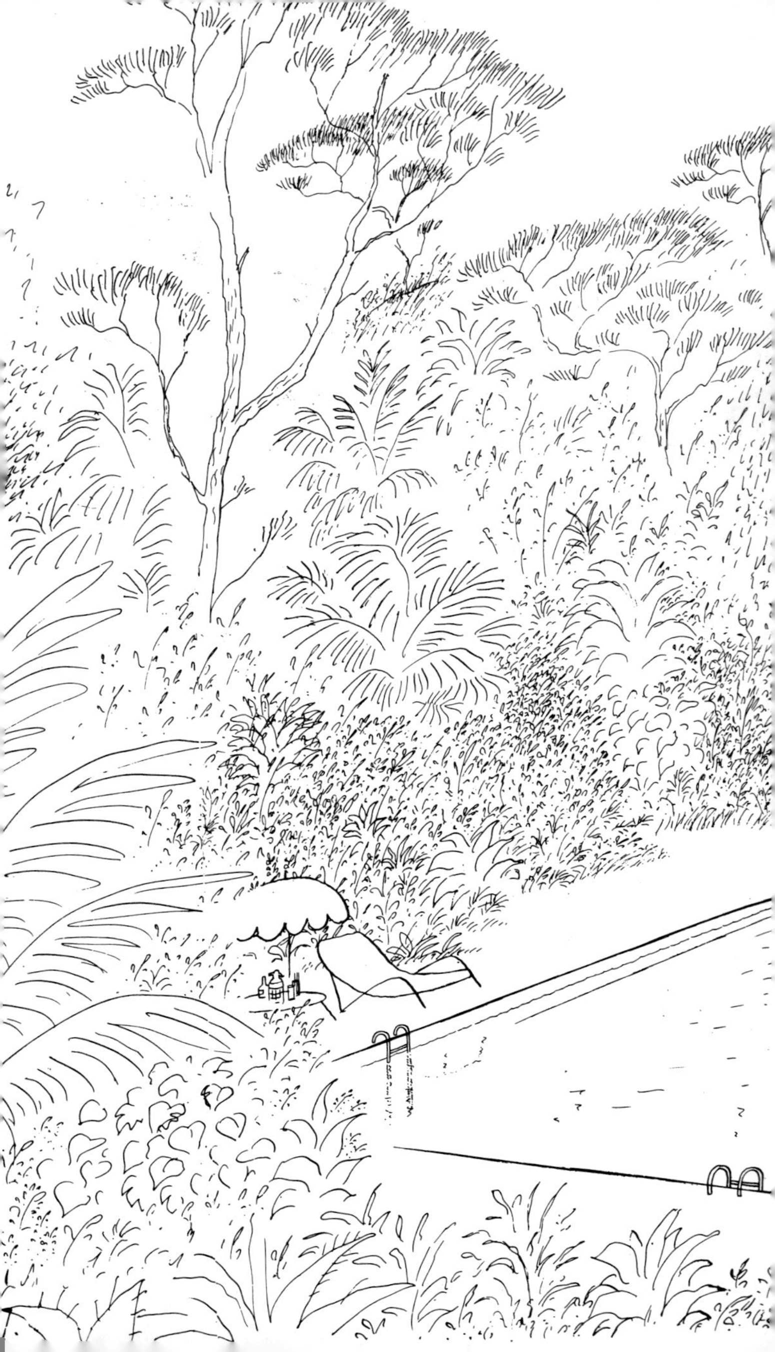

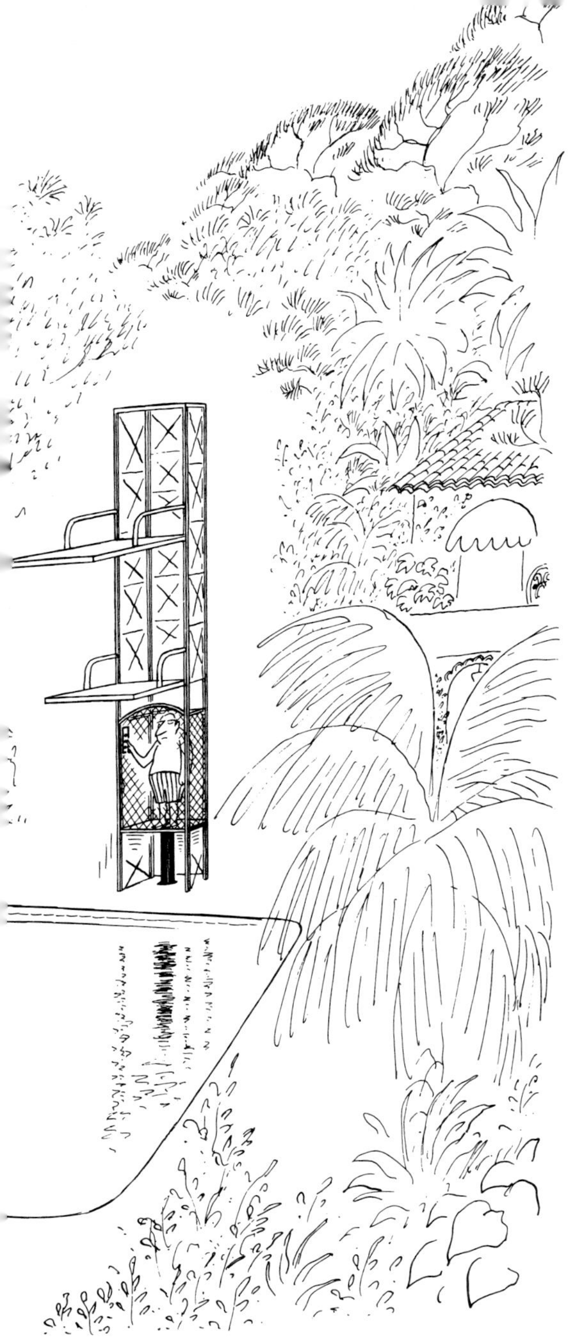

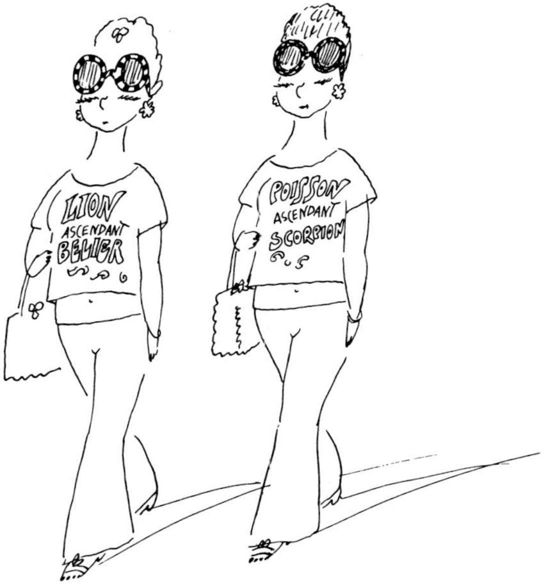
LION
ASCENDANT
BELIER
POISSON
ASCENDANT
SCORPION

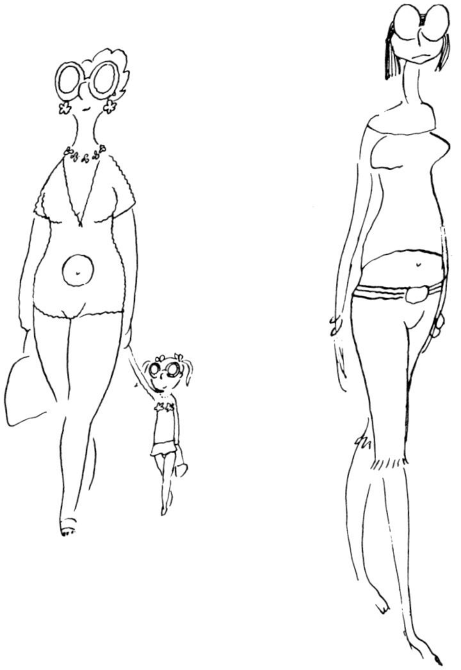

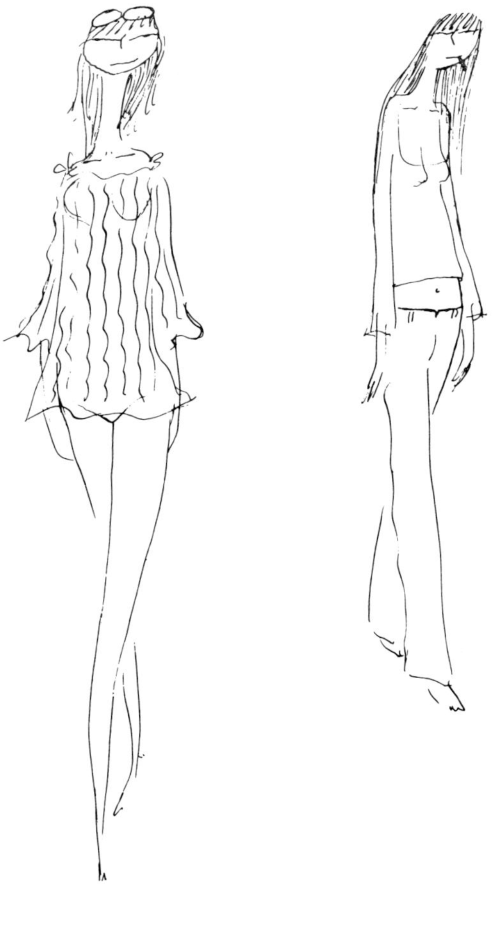

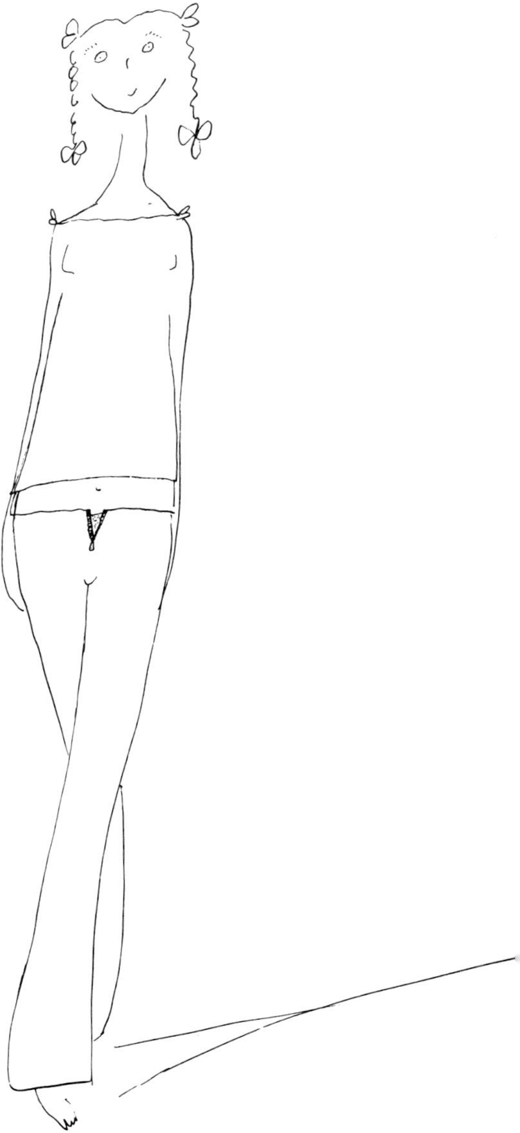

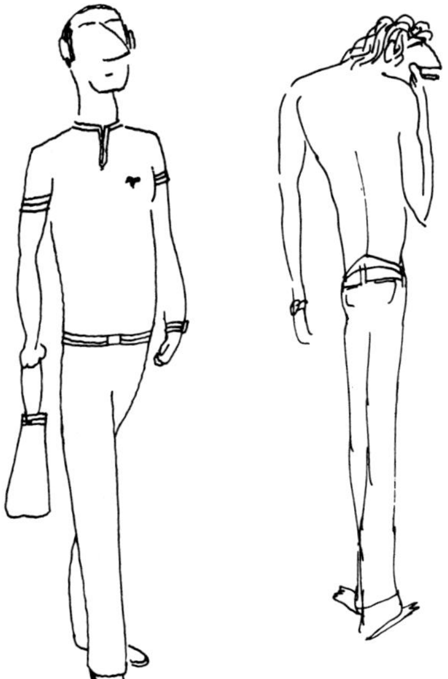

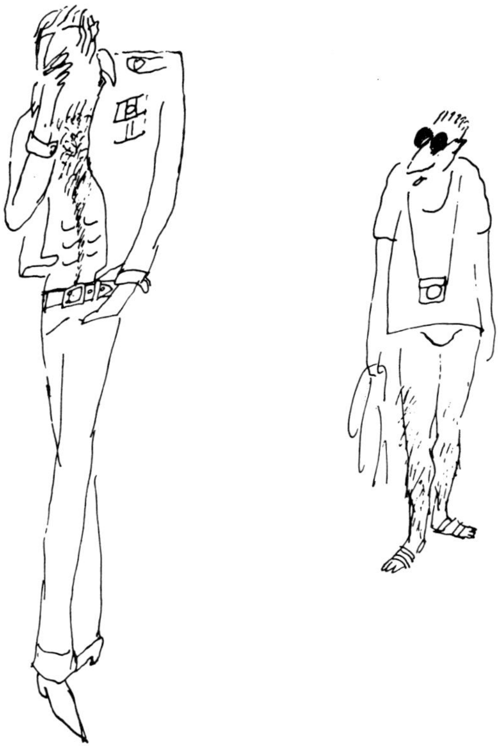

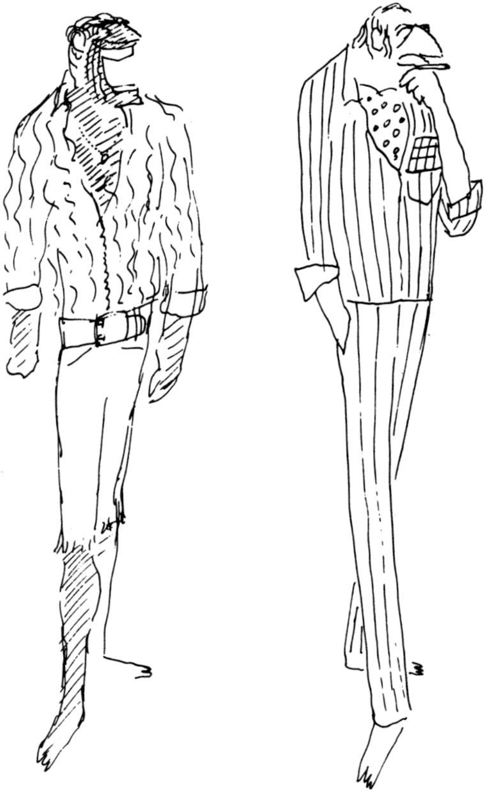

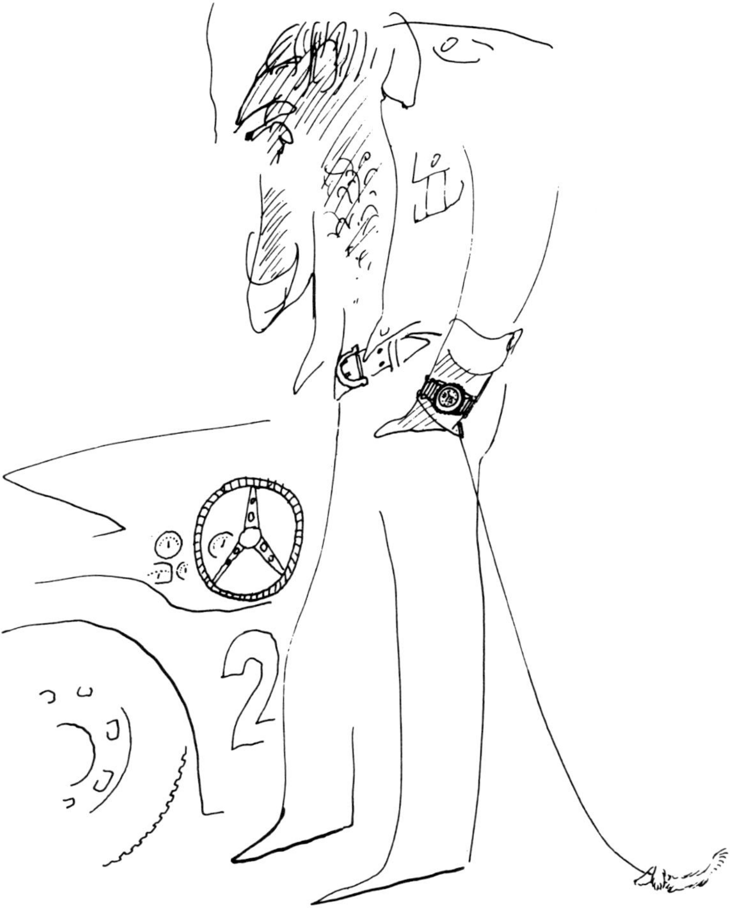
2

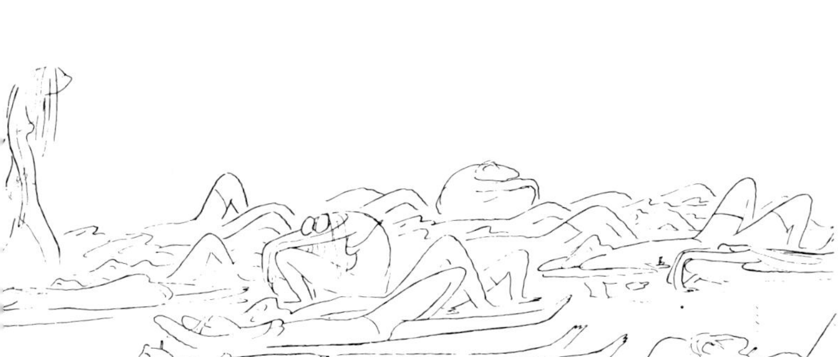

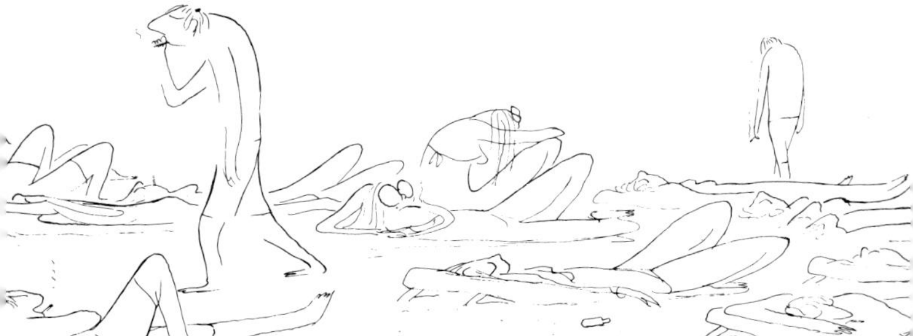

Bien que nous devenions ce que les sociologues appellent une civilisation...

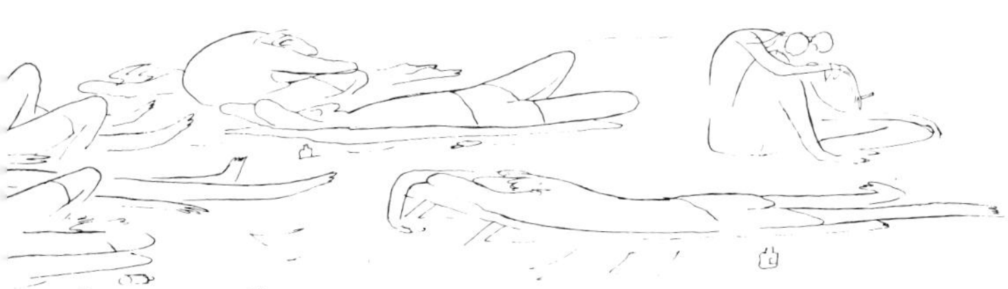

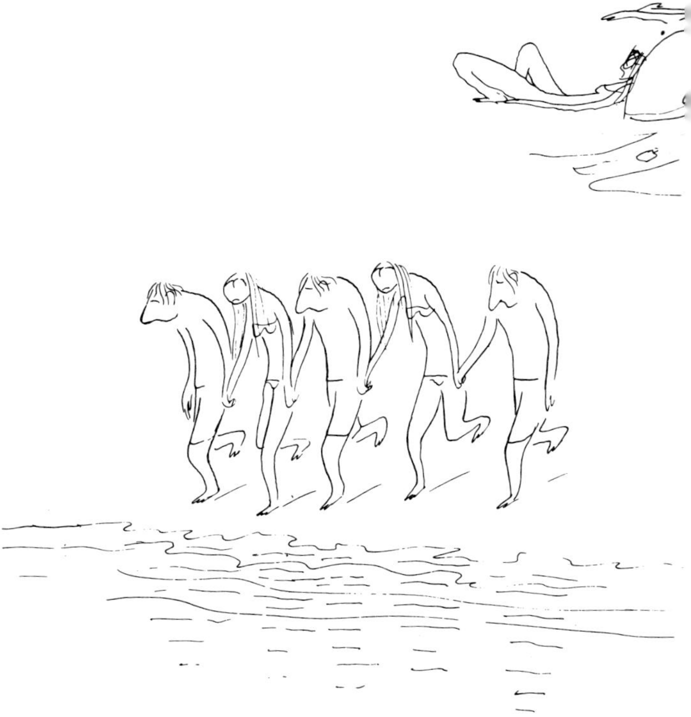

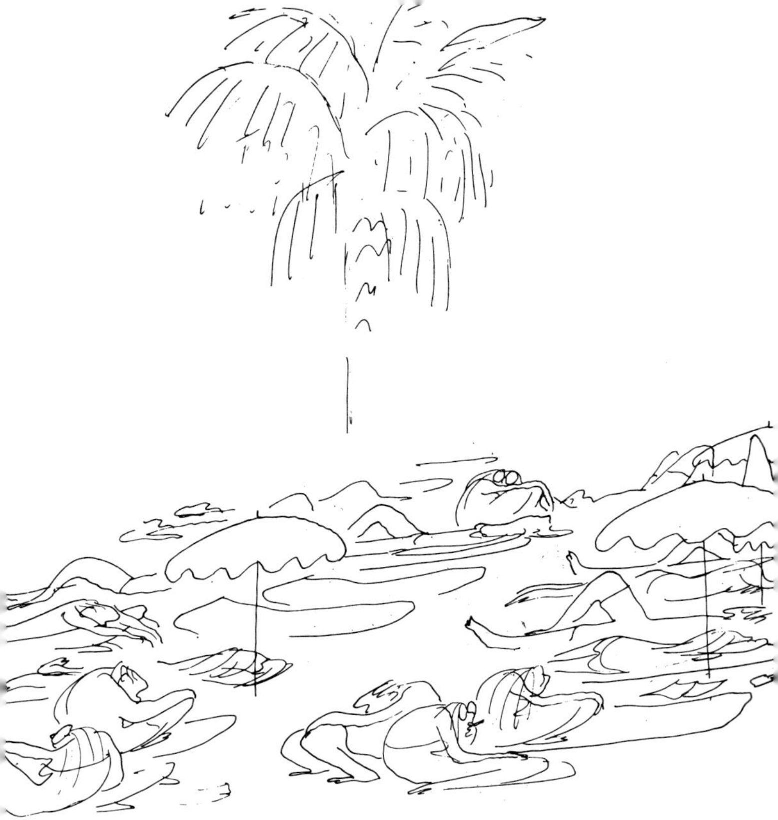

de loisirs,

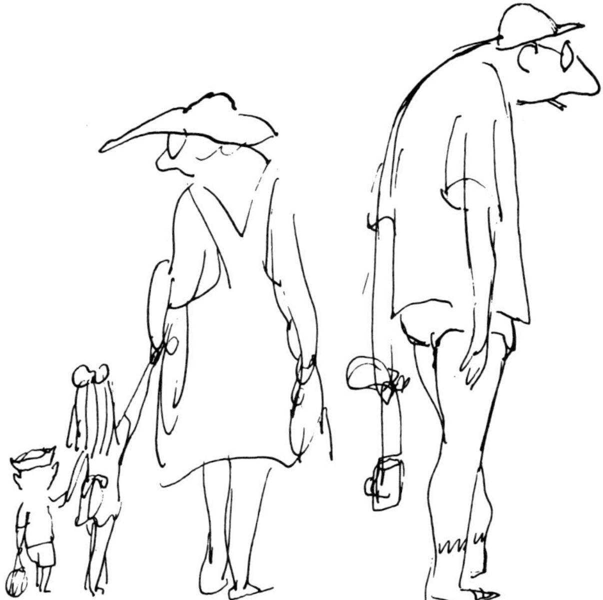

c'est durant ces journées de détente, propices à la méditation, qu'on réfléchit

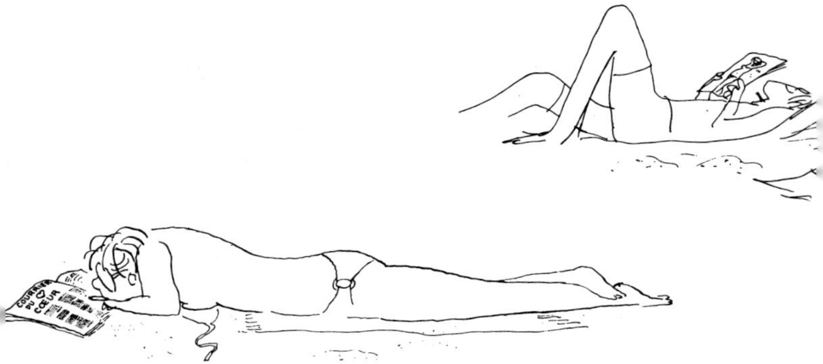

le mieux aux problèmes que pose l'évolution de notre société.

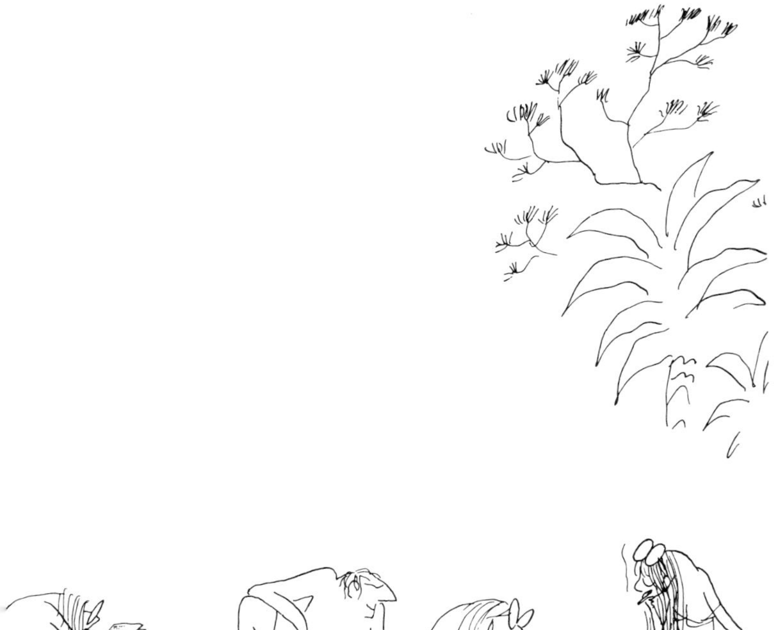

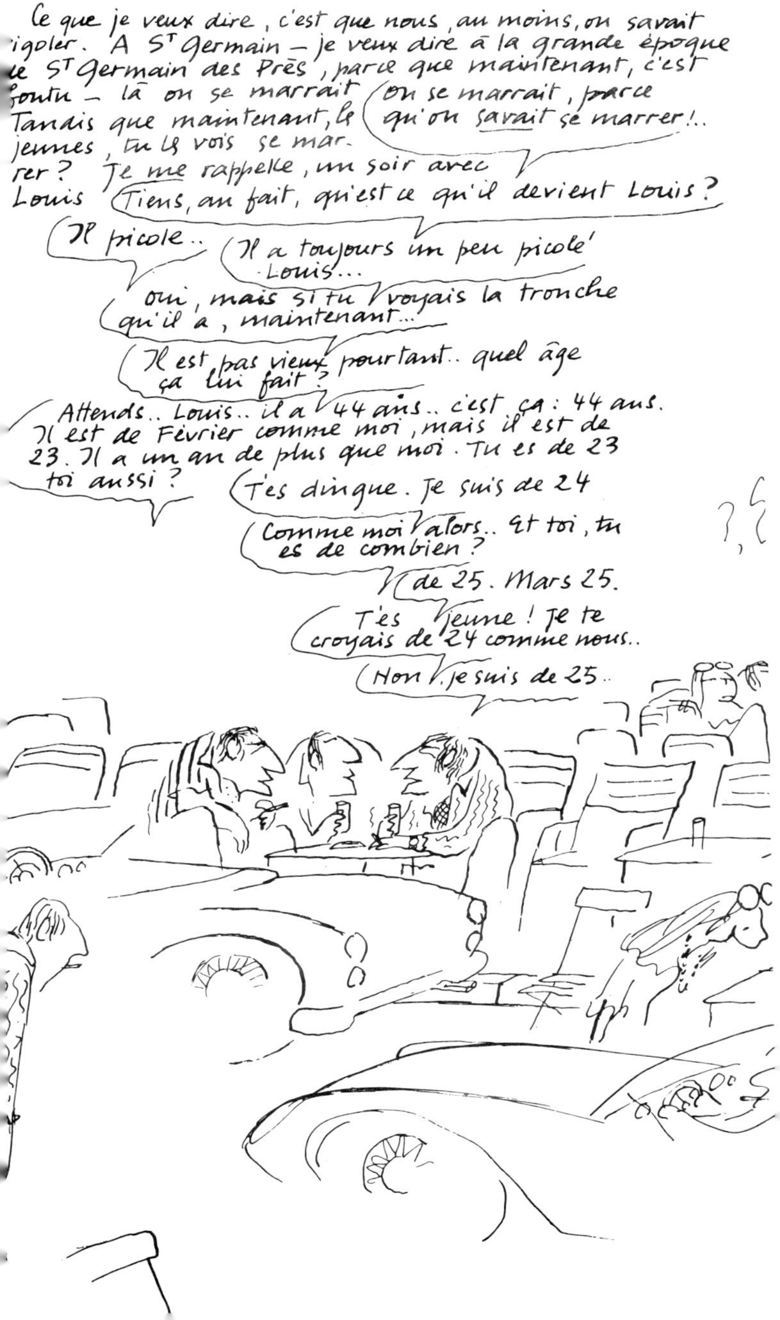
Ce que je veux dire, c'est que nous, au moins, on savait
igoler. A St Germain – je veux dire à la grande époque
e St Germain des Prés, parce que maintenant, c'est
outu – là on se marrait
On se marrait, parce qu'on savait se marrer!..
Tandis que maintenant, les jeunes, tu les vois se marrer? Je me rappelle, un soir avec Louis
Tiens, au fait, qu'est ce qu'il devient Louis?
Il picole..
Il a toujours un peu picolé Louis...
Oui, mais si tu voyais la tronche qu'il a, maintenant...
Il est pas vieux pourtant.. quel âge ça lui fait?
Attends.. Louis.. il a 44 ans.. c'est ça: 44 ans. Il est de Février comme moi, mais il est de 23. Il a un an de plus que moi. Tu es de 23 toi aussi?
T'es dingue. Je suis de 24
Comme moi alors.. Et toi, tu es de combien?
de 25. Mars 25.
T'es jeune! Je te croyais de 24 comme nous..
Non, je suis de 25..

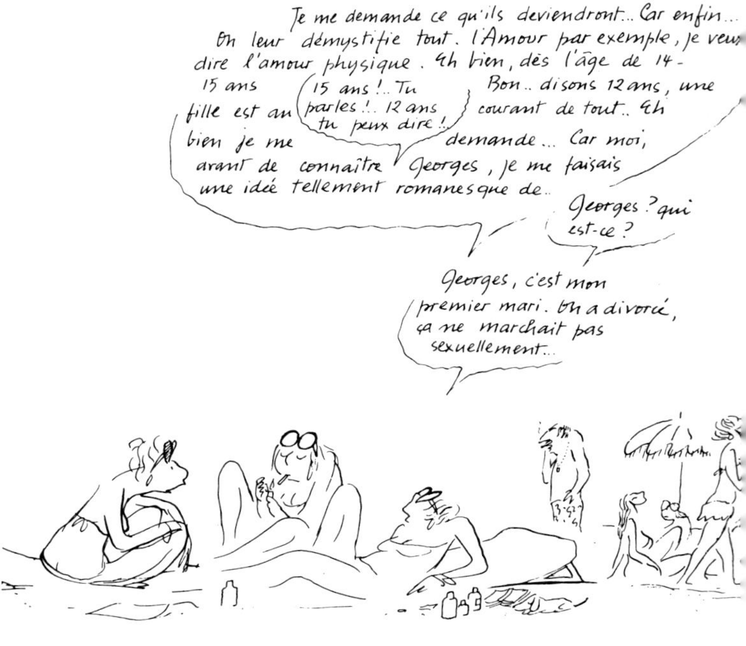
Je me demande ce qu'ils deviendront.. Car enfin... On leur démystifie tout. l'Amour par exemple, je veux dire l'amour physique. Eh bien, dès l'âge de 14-15 ans
15 ans !.. Tu parles !.. 12 ans tu peux dire !.
Bon.. disons 12 ans, une fille est au courant de tout.. Eh bien je me demande... Car moi, avant de connaître Georges, je me faisais une idée tellement romanesque de..
Georges ? qui est-ce ?
Georges, c'est mon premier mari. On a divorcé, ça ne marchait pas sexuellement...

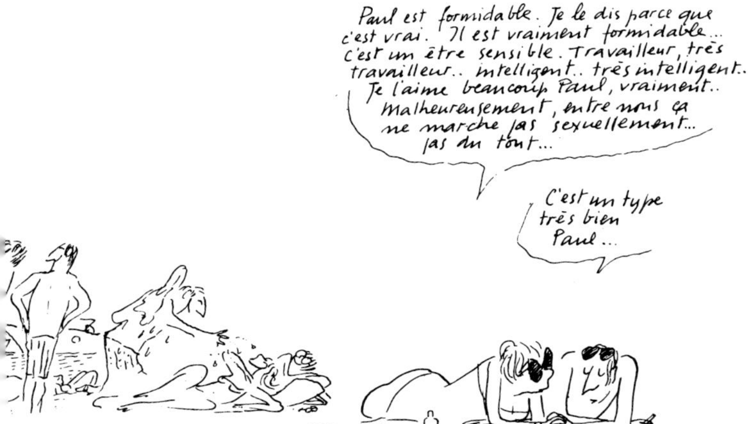
Paul est formidable. Je le dis parce que c'est vrai. Il est vraiment formidable... C'est un être sensible. Travailleur, très travailleur.. intelligent.. très intelligent.. Je l'aime beaucoup Paul, vraiment.. Malheureusement, entre nous ça ne marche pas sexuellement... pas du tout...
C'est un type très bien Paul...
ELLE

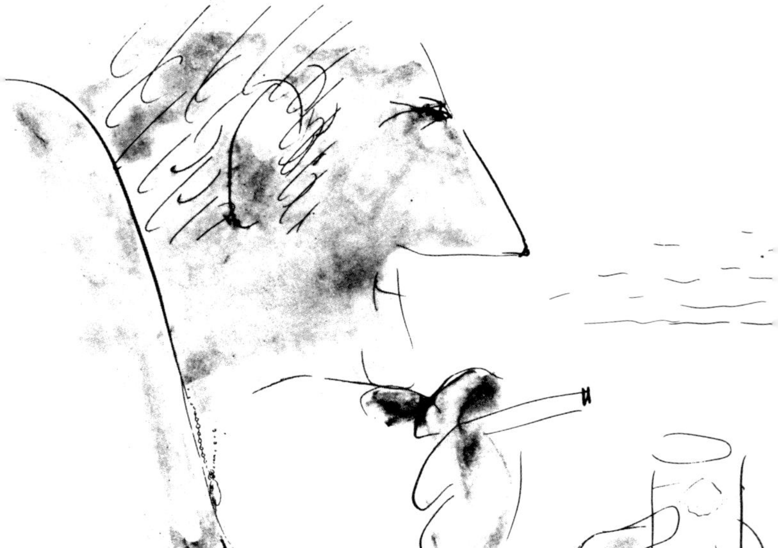

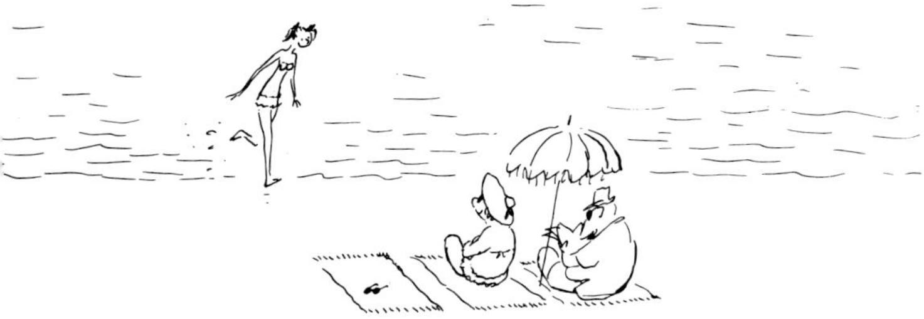

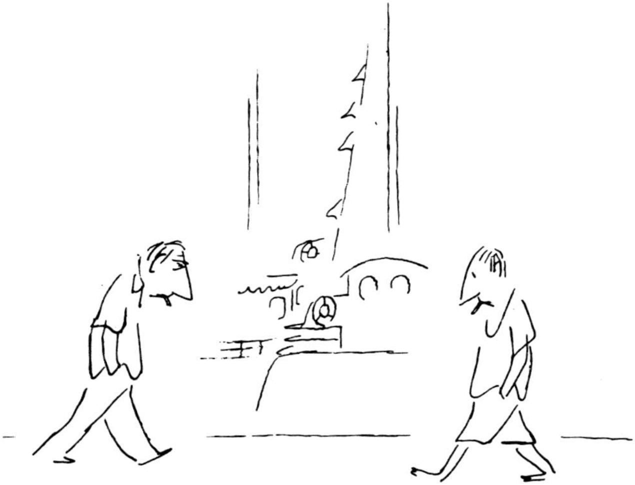

1.

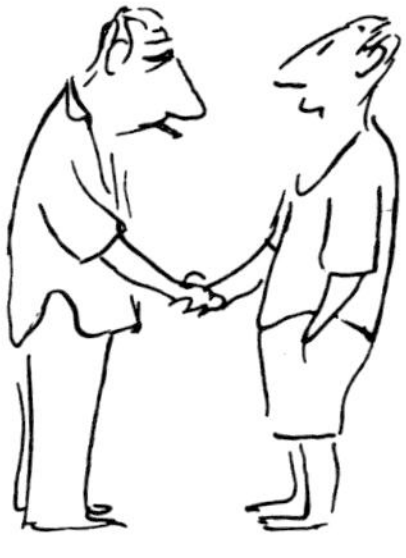

2.

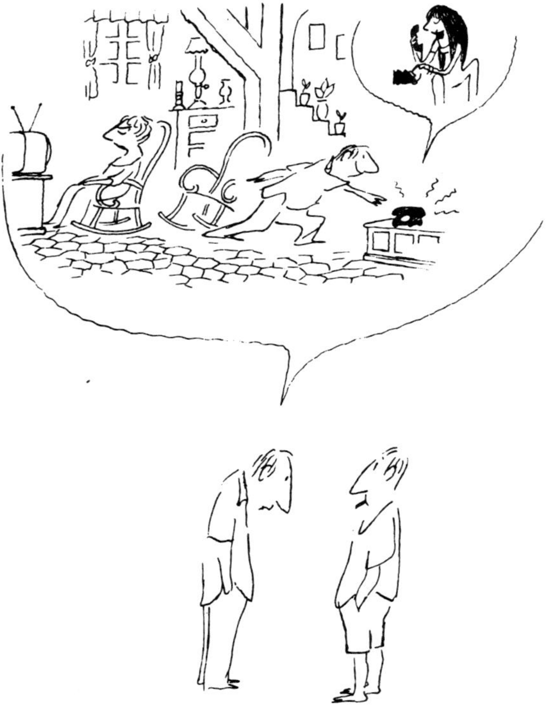

3.

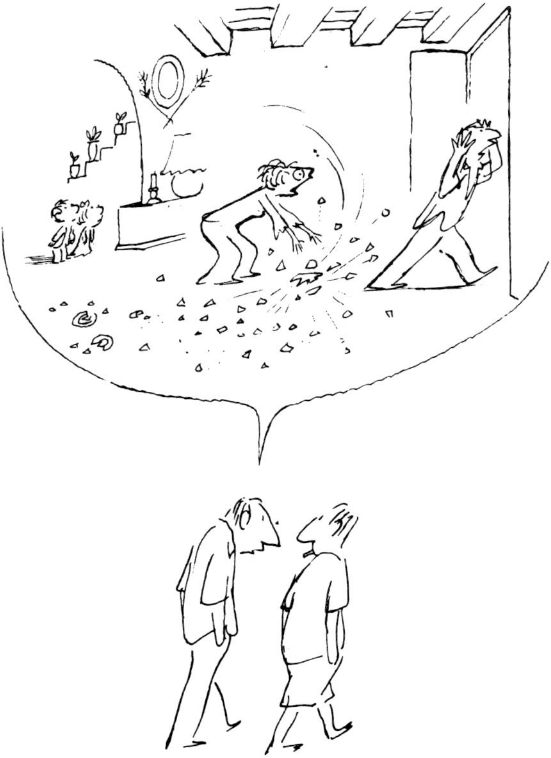

4.

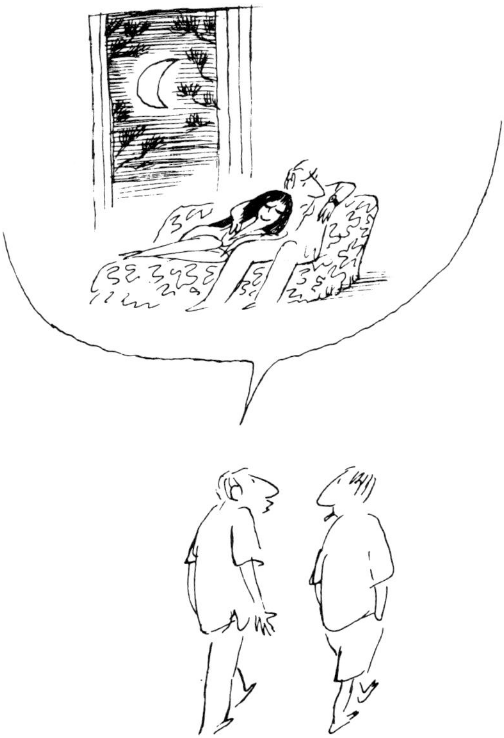

5.

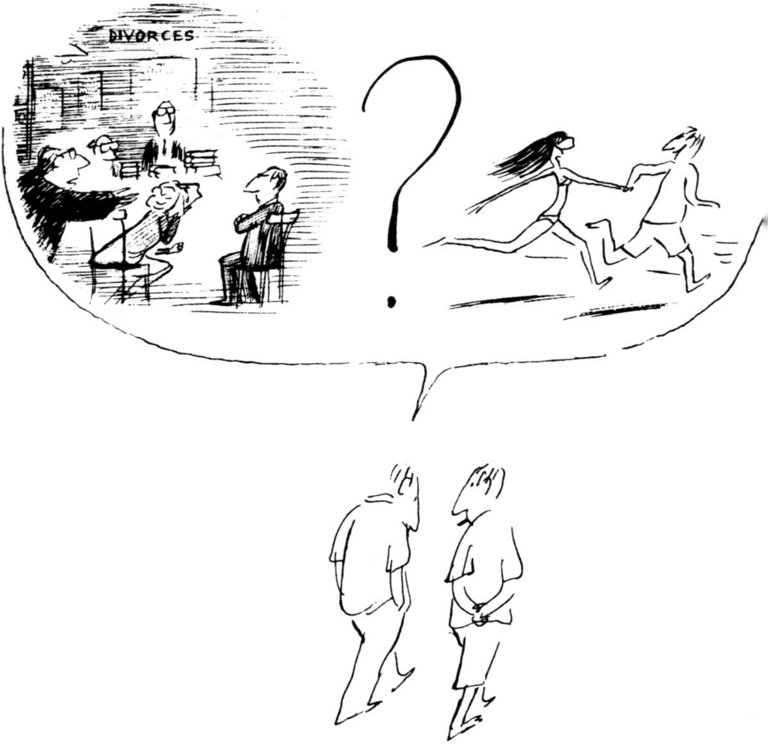
DIVORCES

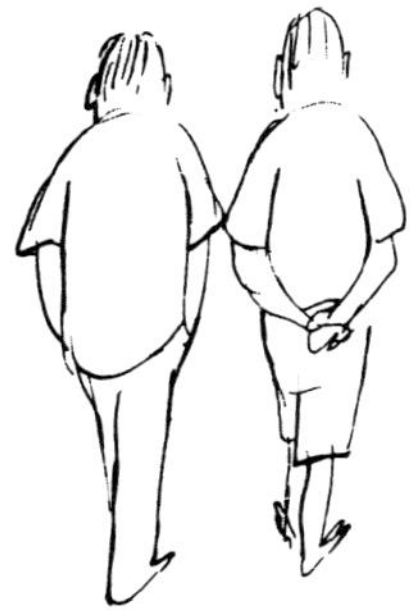

7.

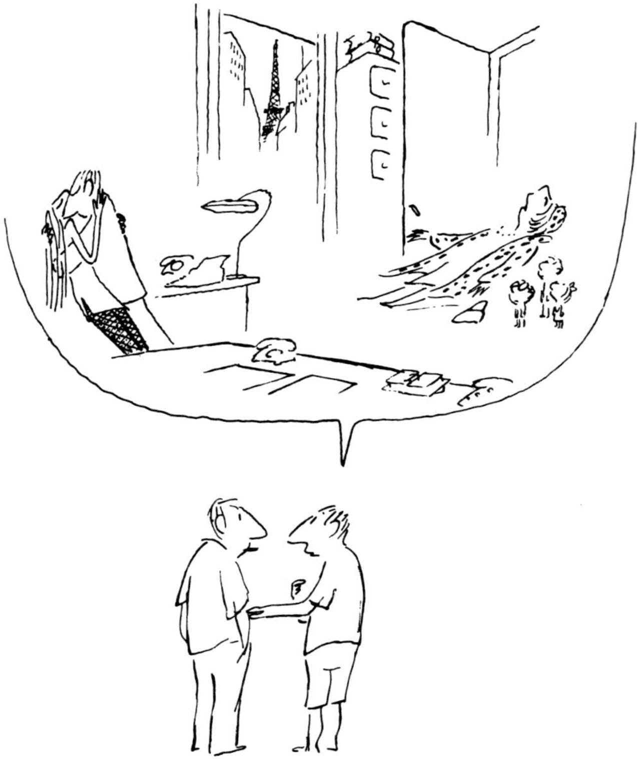

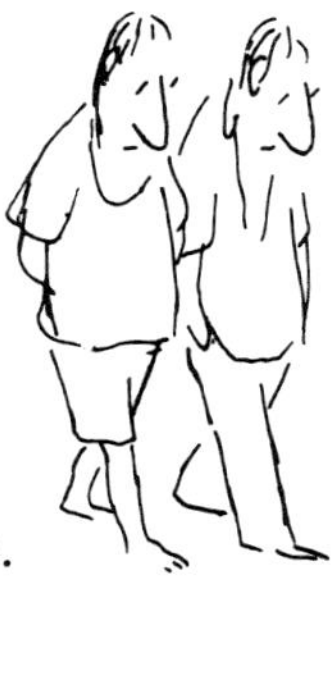

9.

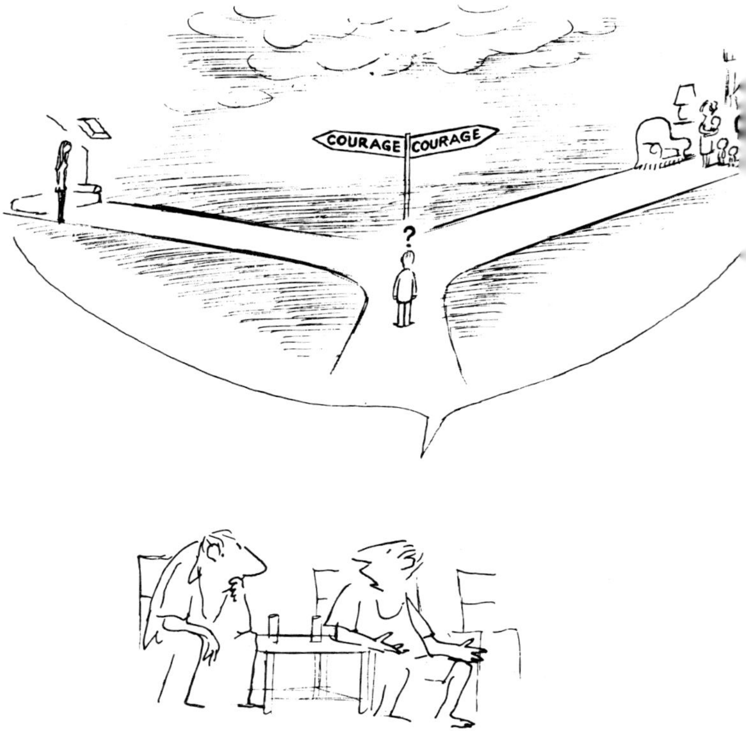
COURAGE
COURAGE

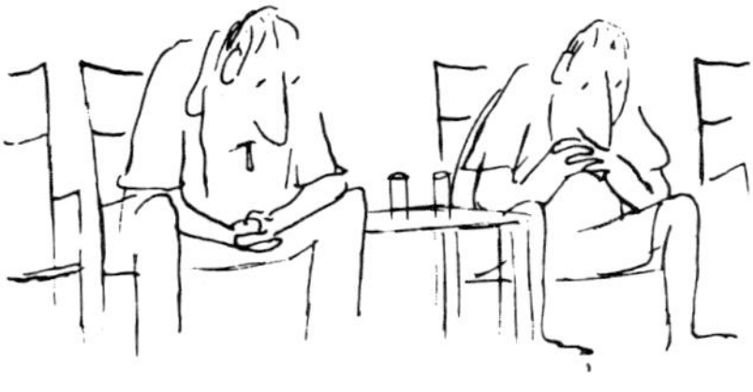

11.

→

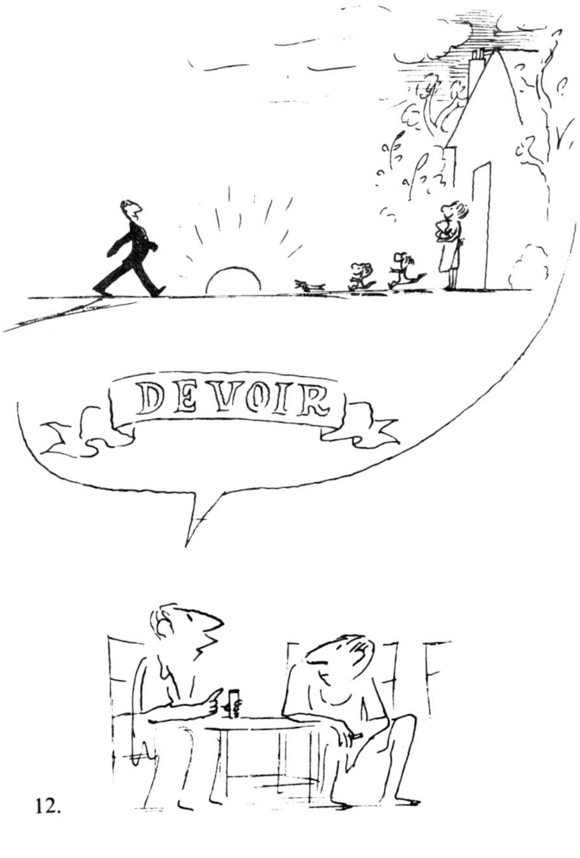
DEVOIR

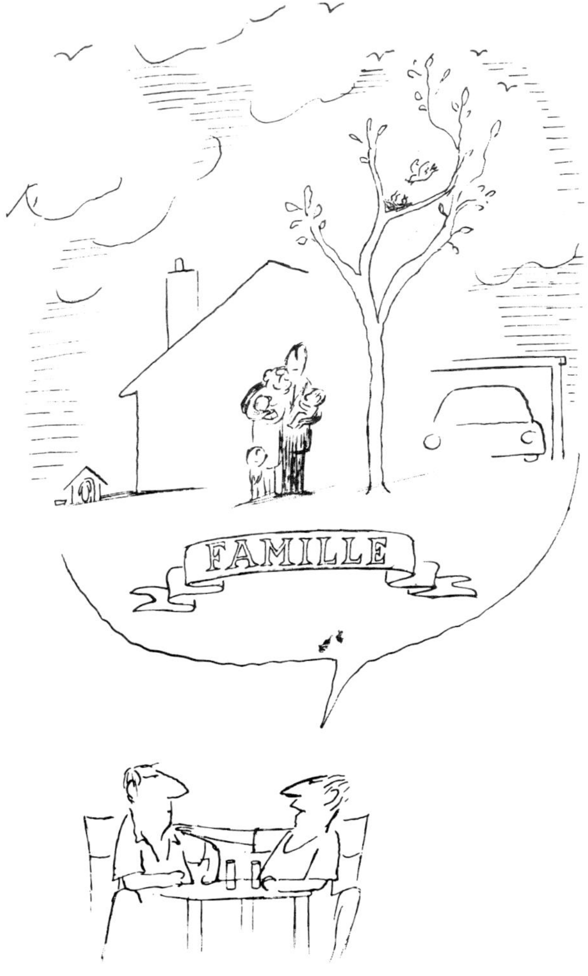
FAMILLE

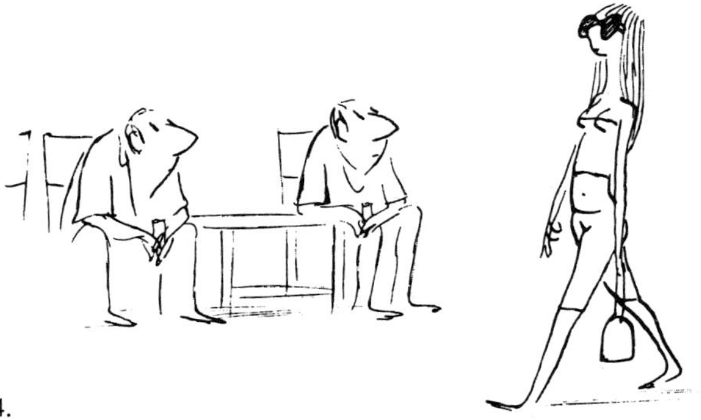

14.

15.

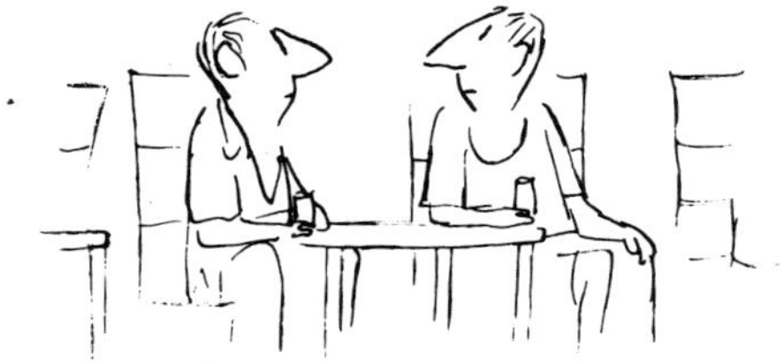

16.

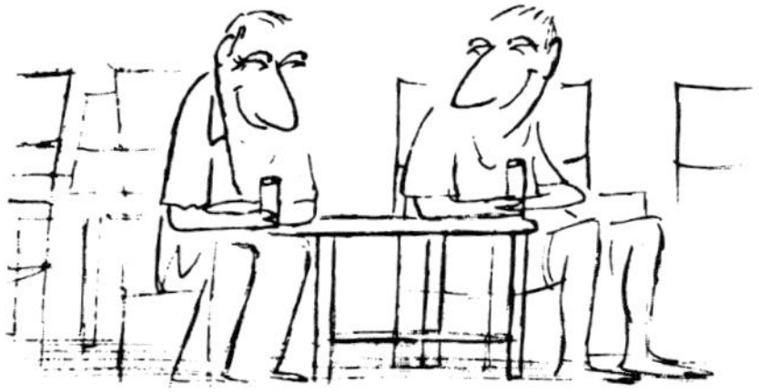

1.

Mais tout, à notre époque, change très vite.

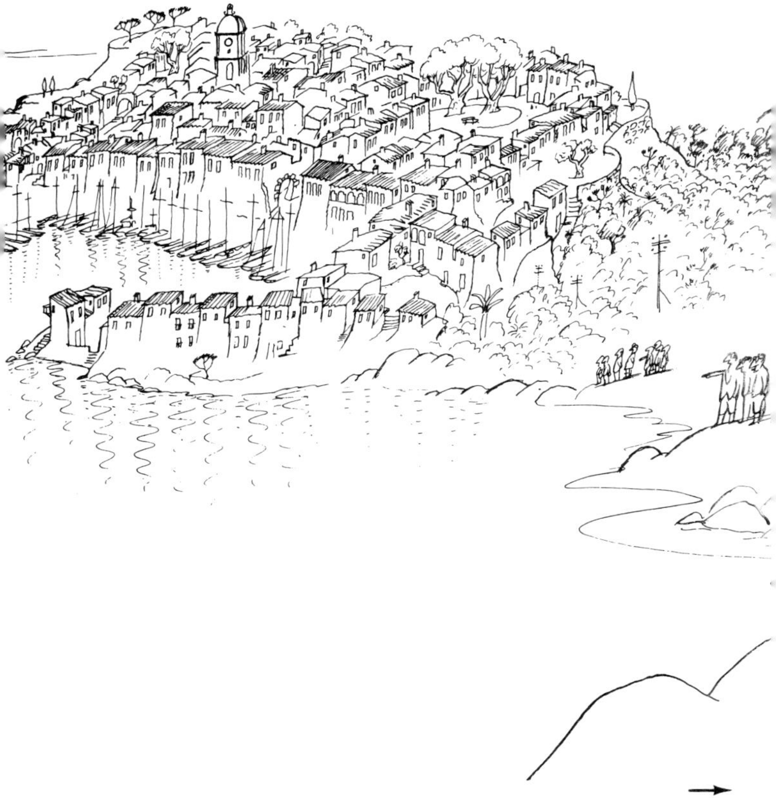

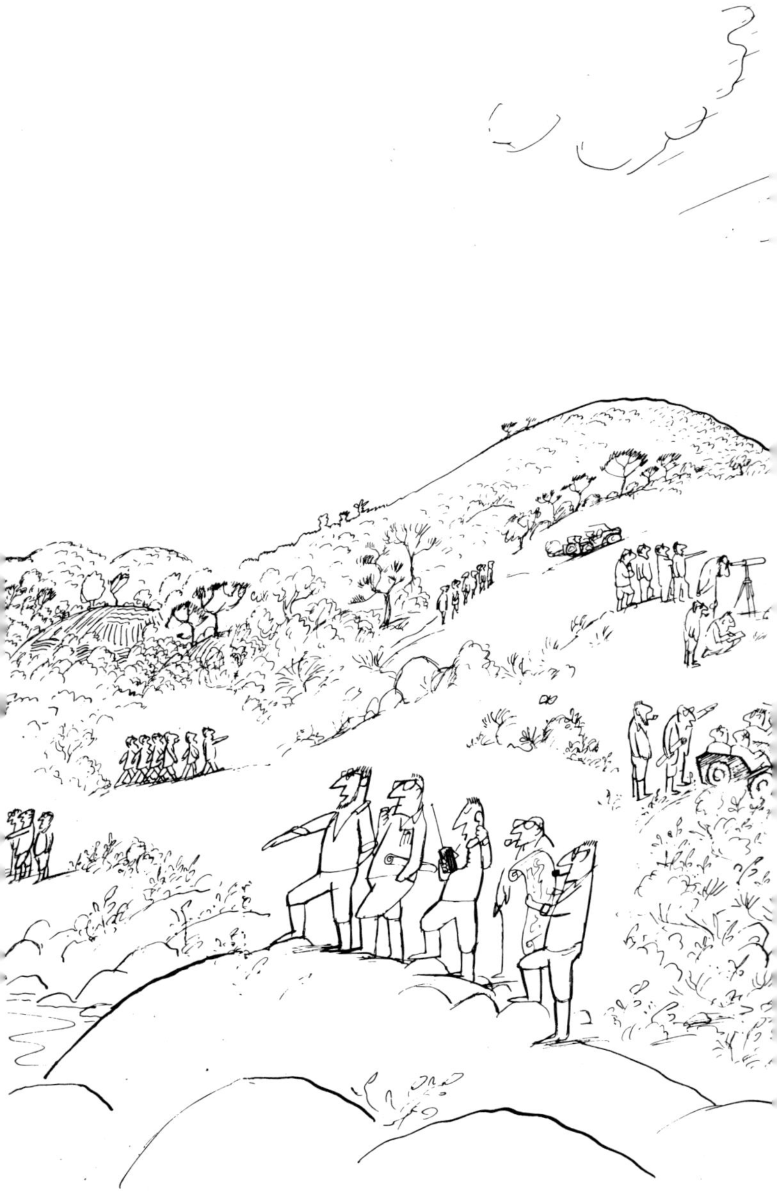

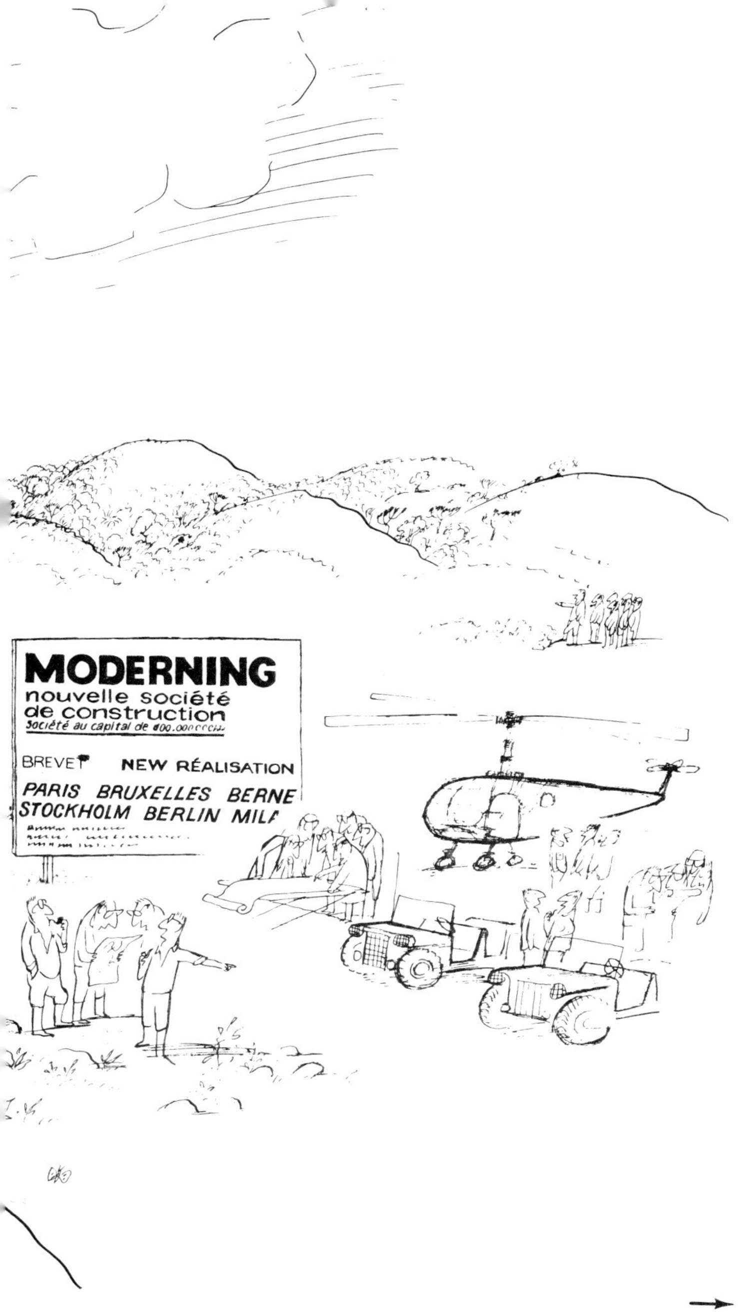
MODERNING
nouvelle société
de construction
BREVET
NEW RÉALISATION
PARIS BRUXELLES BERNE
STOCKHOLM BERLIN

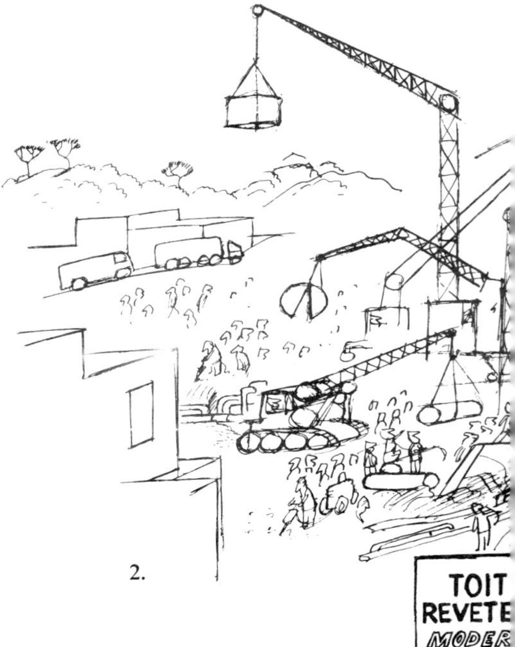

2.

Les techniques les plus avancées...

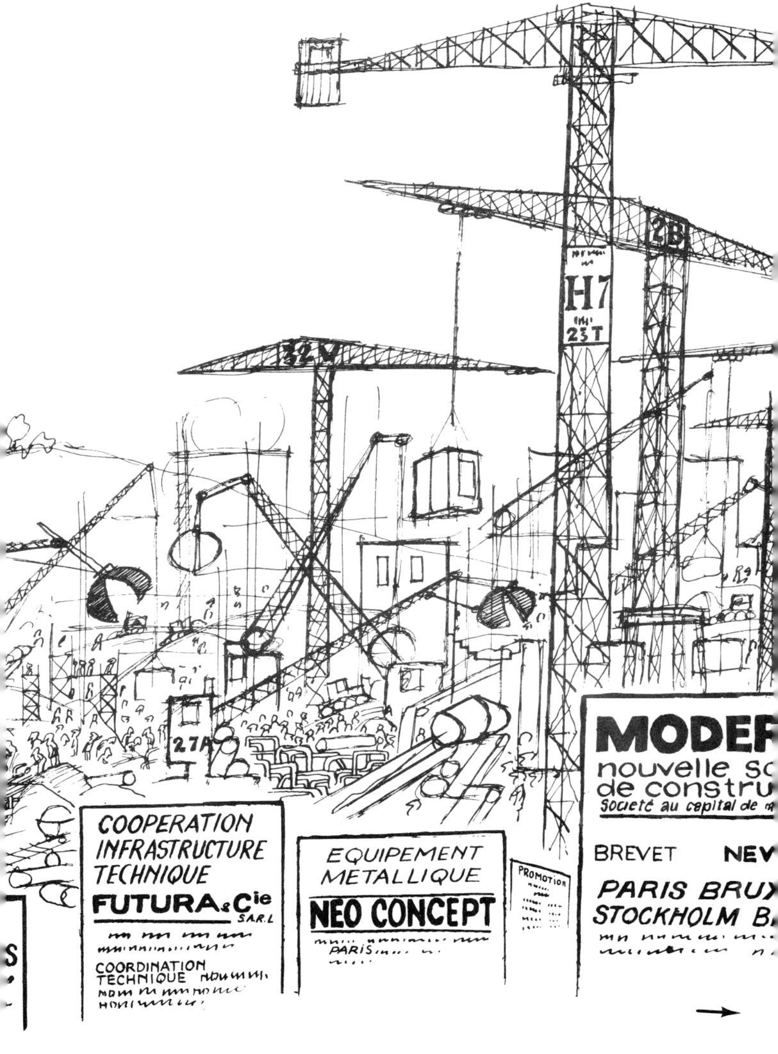

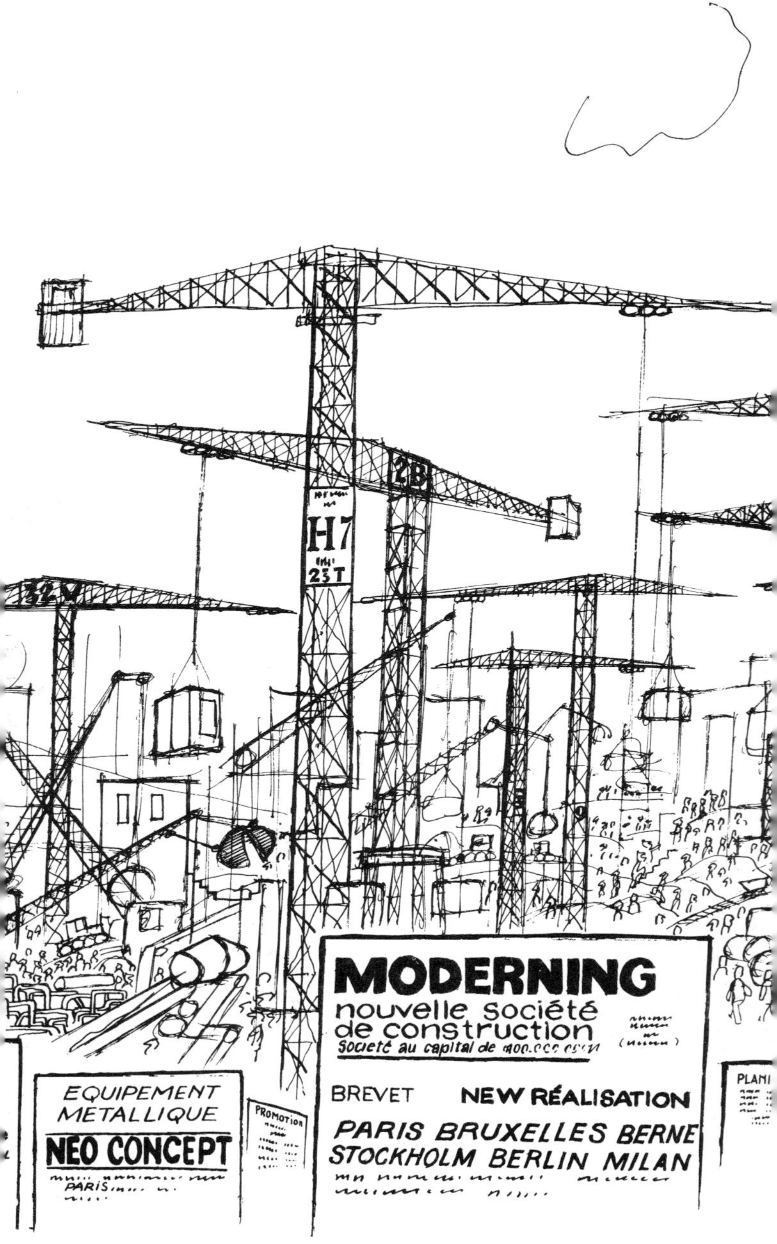
2B
H7
23T
MODERNING
nouvelle société
de construction
BREVET
NEW RÉALISATION
PARIS BRUXELLES BERNE
STOCKHOLM BERLIN MILAN
EQUIPEMENT
METALLIQUE
NEO CONCEPT
PARIS
PROMOTION

mises au service...

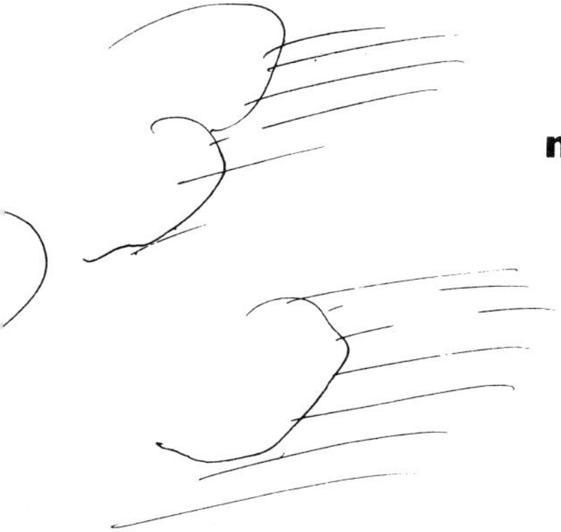

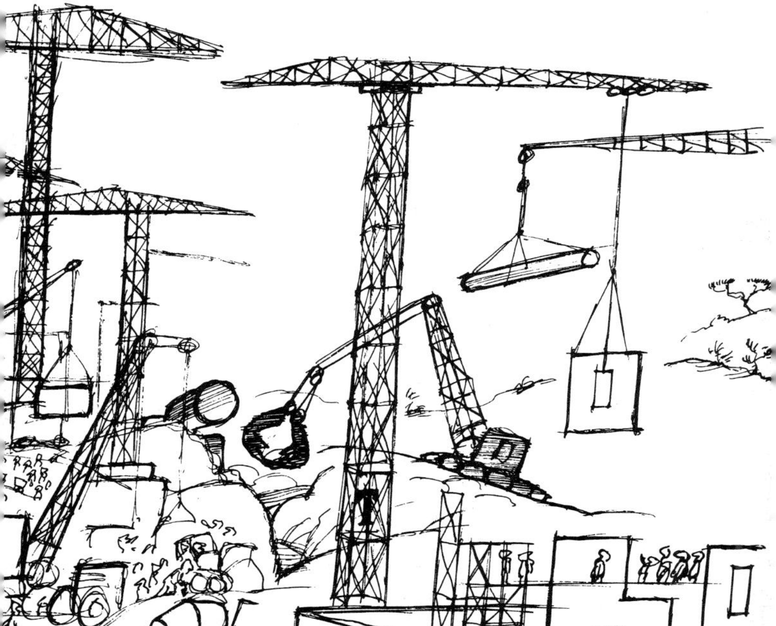

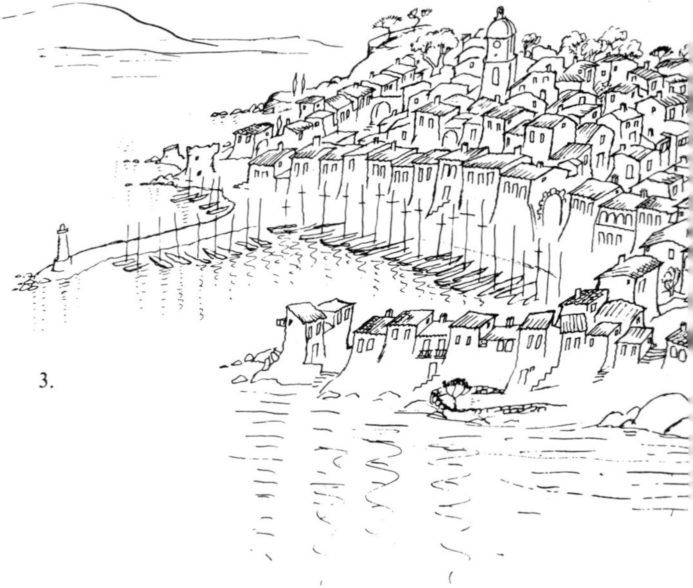

3.

du modernisme le plus audacieux...

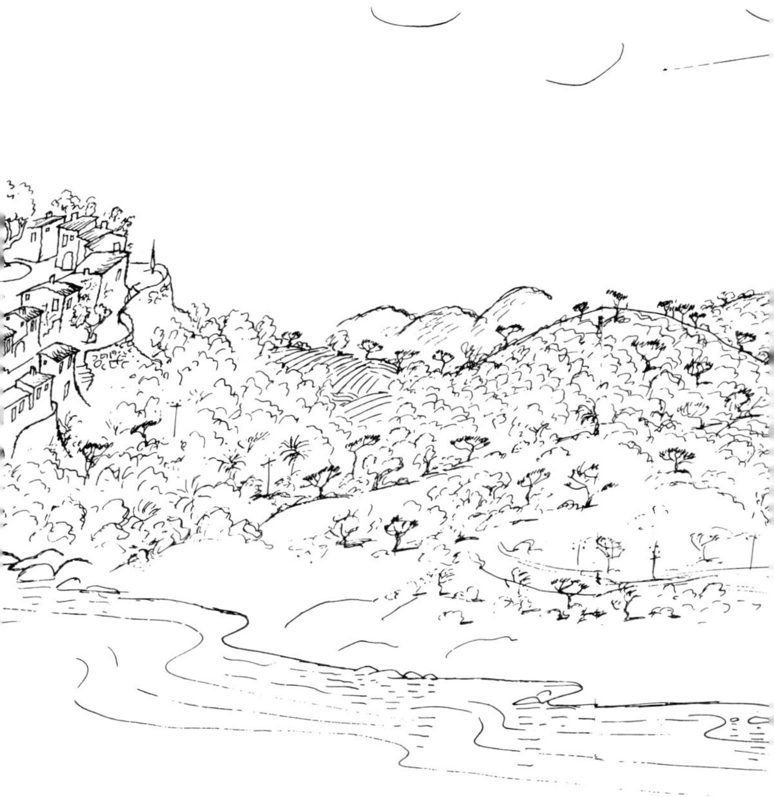

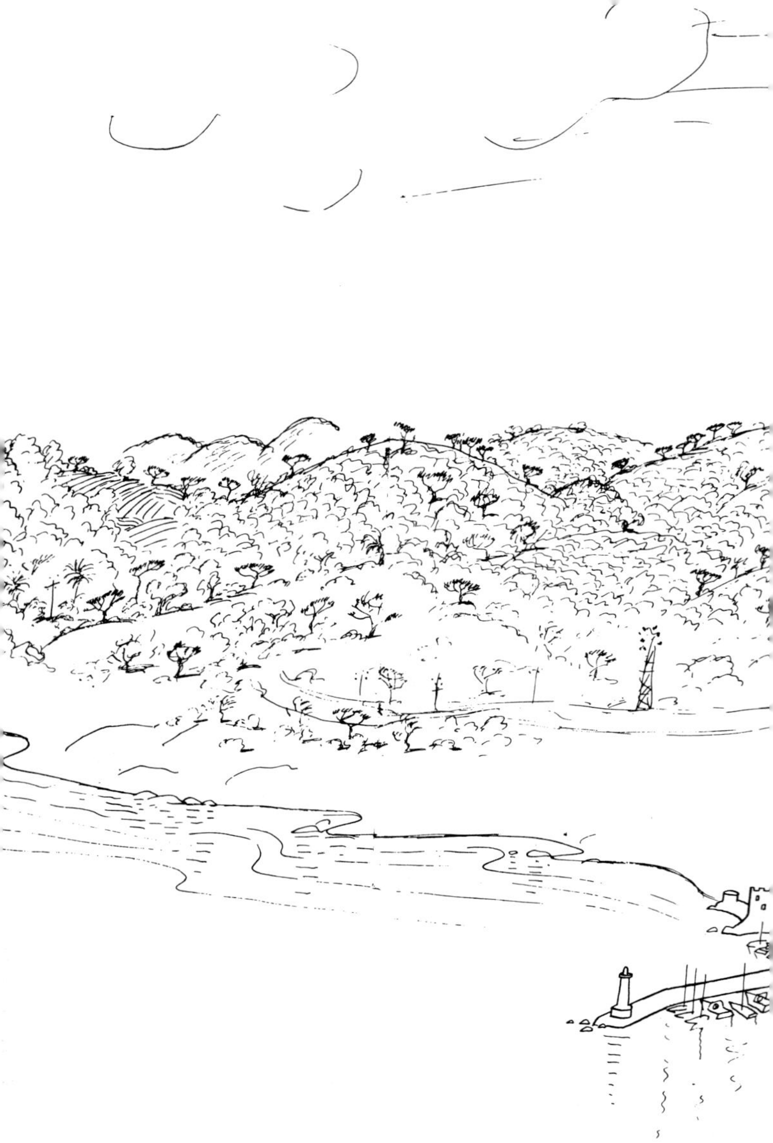

feront qu'un jour, peut-être, il n'y aura plus de petits ports de pêcheurs.

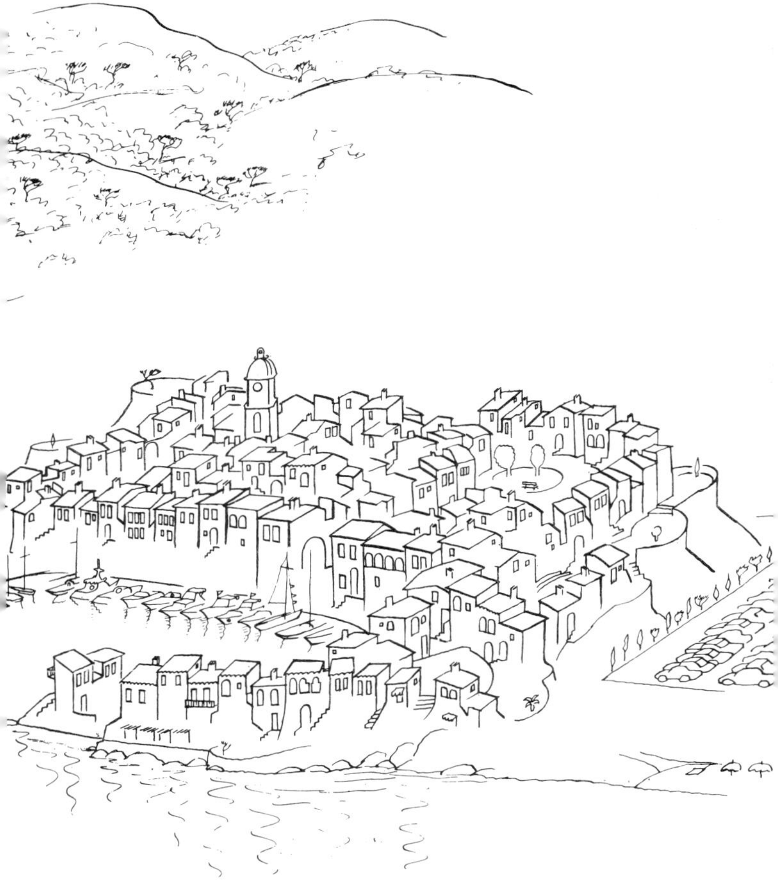

Et on n'aura plus cette impression de liberté,

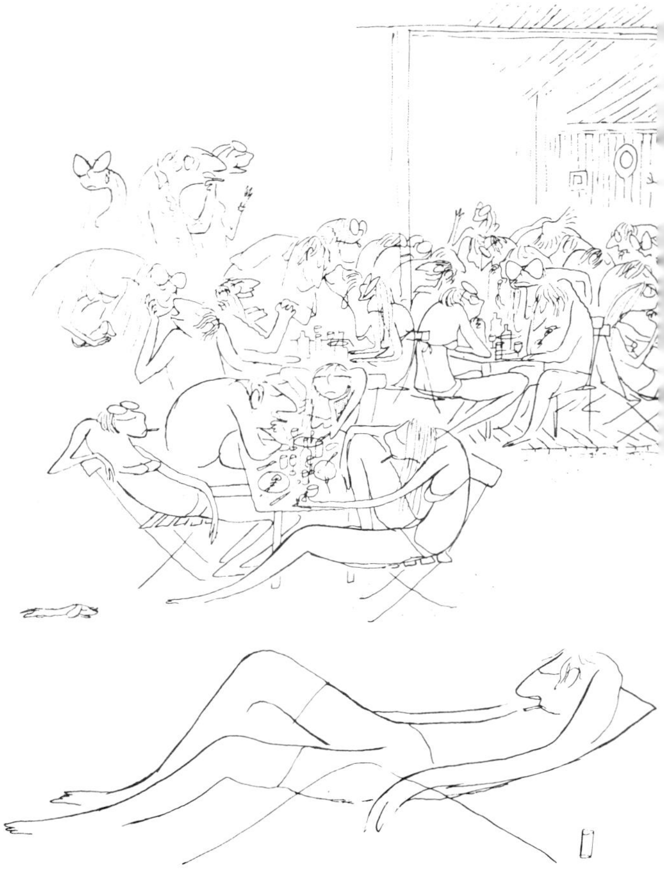

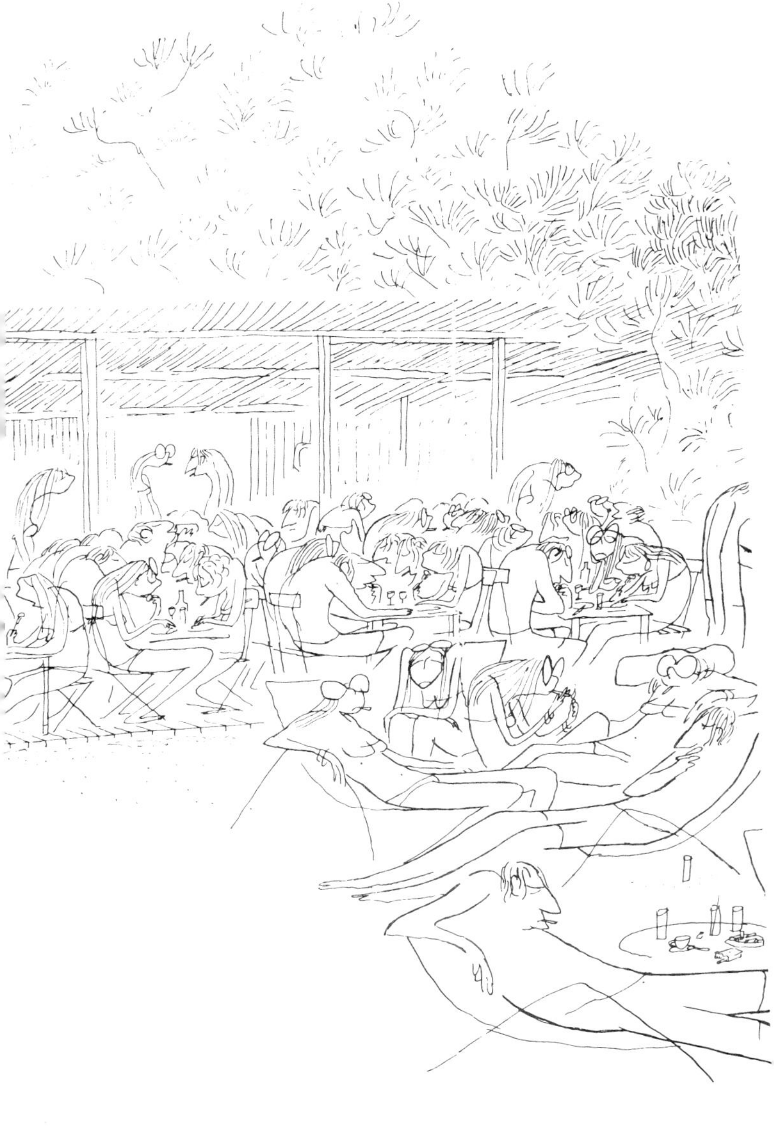

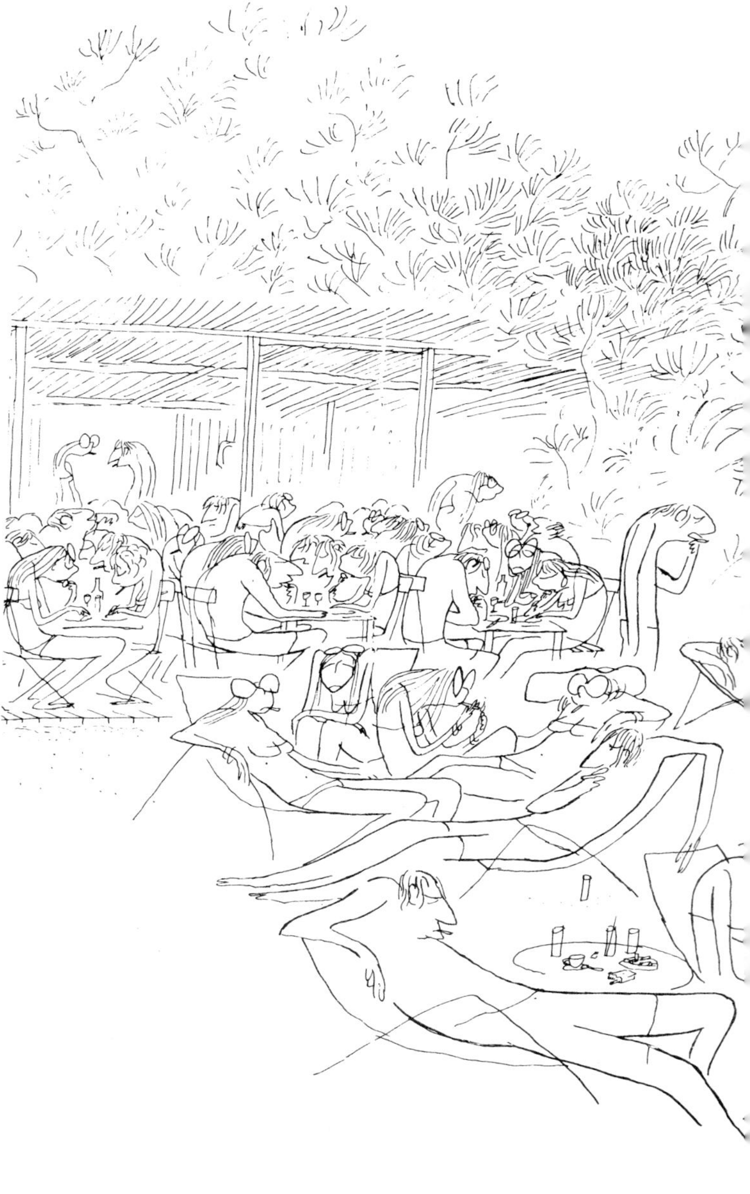

de joie de vivre, qu'on ressentait à Saint-Tropez.

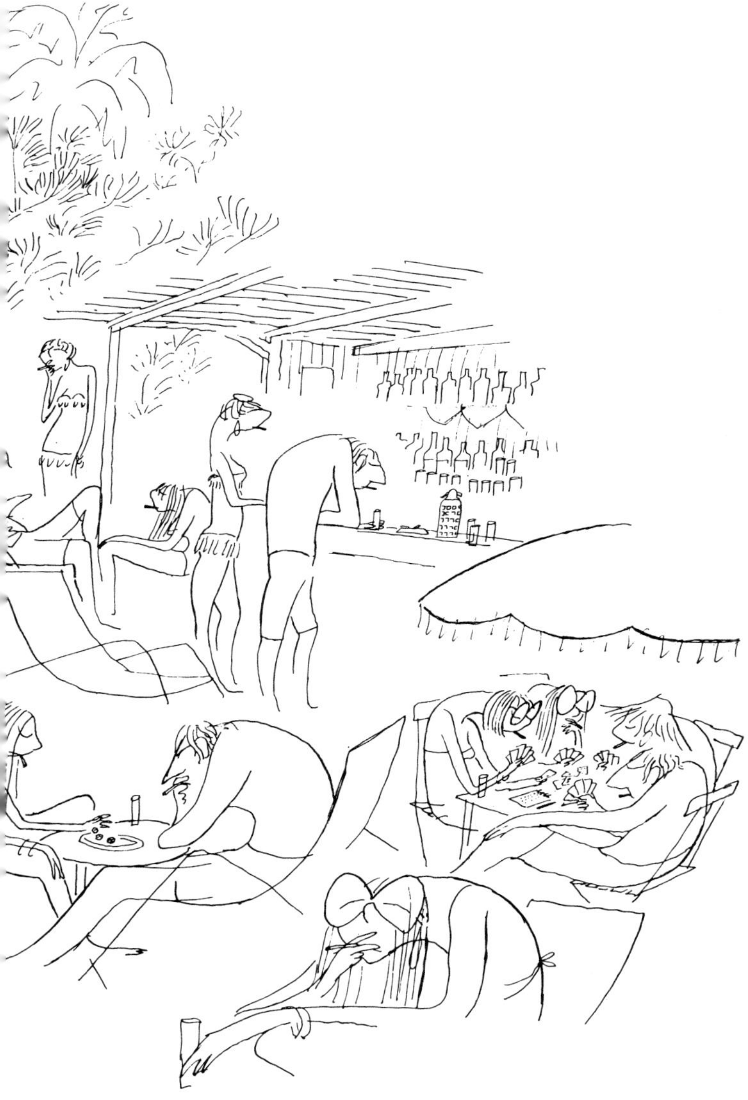

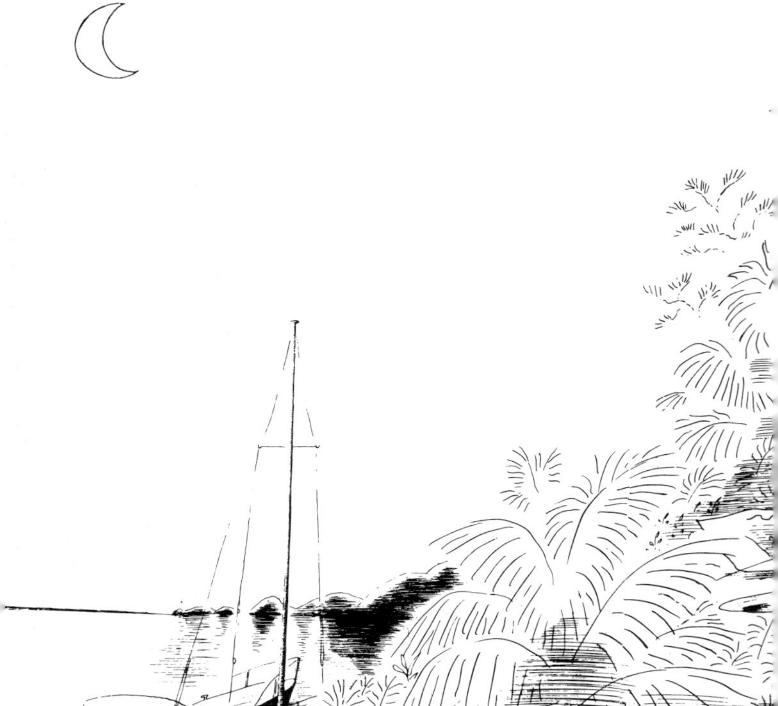

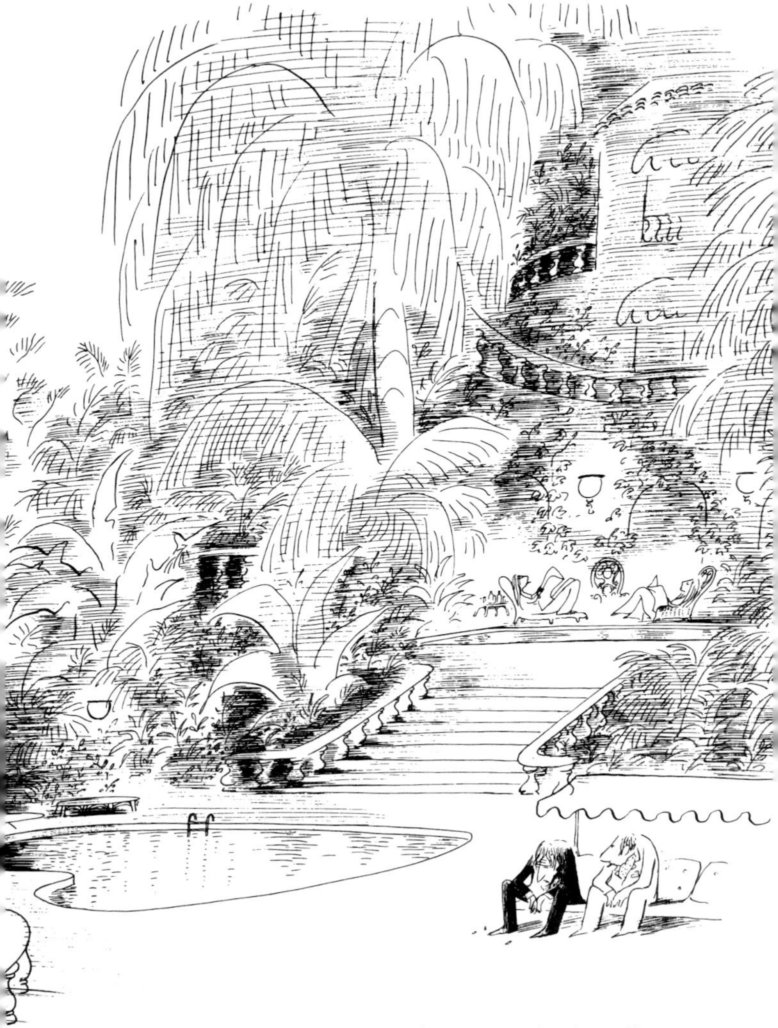

— "Heureusement, il me reste le rêve..."

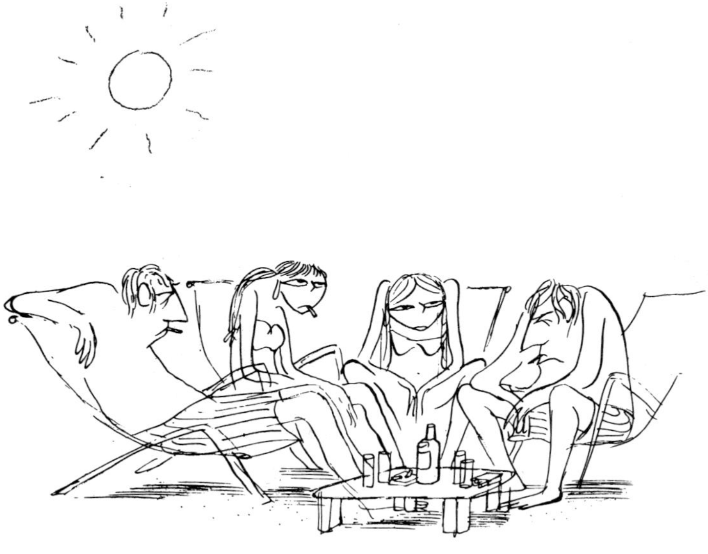

1.

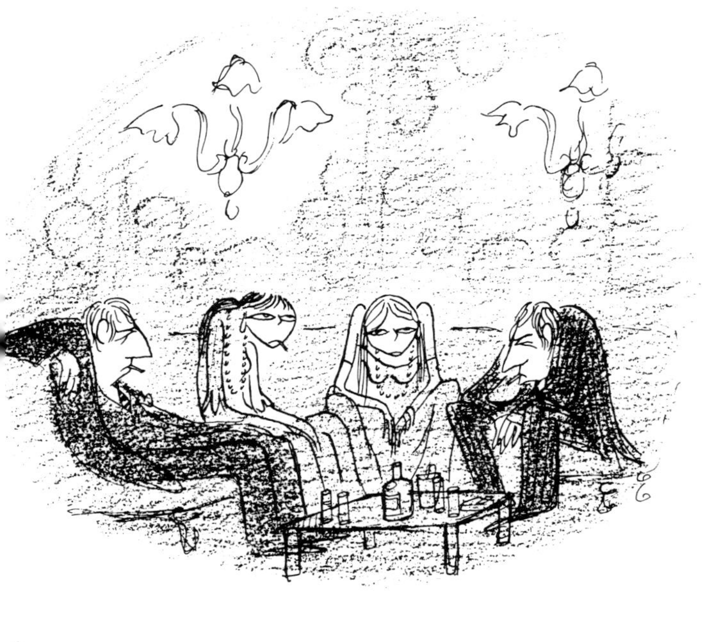

2.

→

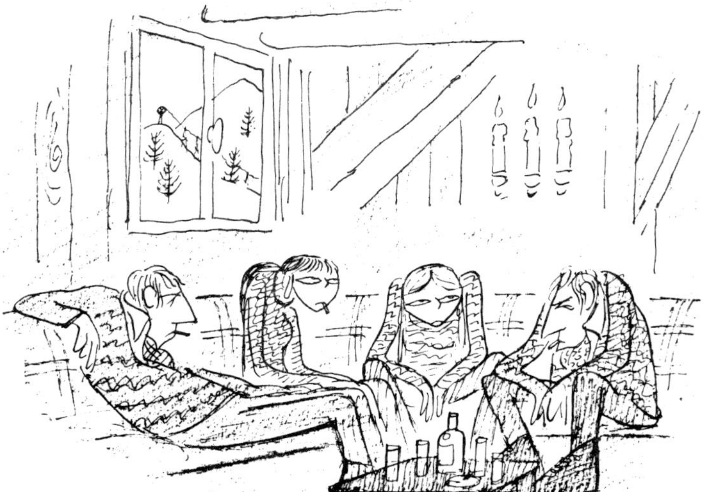

3.

Cet ouvrage a été reproduit
et achevé d'imprimer par l'imprimerie Pollina
à Luçon, le 4 août 1993.
Dépôt légal : août 1993.
1er dépôt légal dans la même collection : décembre 1975.
Numéro d'imprimeur : 63657.

ISBN 2-07-036706-1 / Imprimé en France.
Précédemment publié par les Éditions Denoël.
ISBN 2-207-20142-2

66523